故事新編

魯迅　著

魯迅（一八八一年—一九三六年）

原名周樟壽，浙江紹興人。後改名周樹人，字豫才、豫山、豫亭，以筆名魯迅聞名於世。作品包括雜文、小說、評論、散文、翻譯作品。一九一八年發表《狂人日記》為中國現代文學史上第一篇白話小說，奠定新文學運動的基石。一九二一年發表《阿Q正傳》中篇小說，更是中國現代文學史上的不朽傑作。其作品對中國的語言和文學有著深遠的影響。被譽為二十世紀最具影響性的中文作家。

兒童文學的歷史與記憶

林文寶

大陸海豚出版社所出版之中國兒童文學經典懷舊系列，要在臺灣出版繁體版，這是臺灣兒童文學界的大事。該套書是蔣風先生策劃主編，其實就是上個世紀二、三十年代的作家與作品，絕大部分的作家與作品皆已是陌生的路人。因此，說是經典有失嚴肅；至於懷舊，或許正是這套書當時出版的意義所在。如今在臺灣印行繁體版，其意義又何在？

考查各國兒童文學的源頭，一般來說有三：

一、口傳文學

二、古代典籍

三、啟蒙教材

而臺灣似乎不只這三個源頭，綜觀臺灣近代的歷史，先後歷經荷蘭人佔據三十八年（一六二四—一六六二），西班牙局部佔領十六年（一六二六—

一六四二），明鄭二十二年（一六六一—一六八三），清朝治理二〇〇餘年（一六八三—一八九五），以及日本佔據五十年（一八九五—一九四五）。其間，相當長時間是處於被殖民的地位。因此，除了漢人移民文化外，尚有殖民者文化的滲入；尤其以日治時期的殖民文化影響最為顯著，荷蘭次之，西班牙最少，是以臺灣的文化在一九四五年以前是以漢人與原住民文化為主，殖民文化為輔的文化形態。

一九四五年十月二十五日國民黨接收臺灣後，大陸人來臺，注入文化的熱血液。接著一九四九年十二月七日國民黨政府遷都臺北，更是湧進大量的大陸人口。而後兩岸進入完全隔離的型態，直至一九八七年十一月臺灣戒嚴令廢除，兩岸開始有了交流與互動。一九八九年八月十一至二十三日「大陸兒童文學研究會」成員七人，於合肥、上海與北京進行交流，這是所謂的「破冰之旅」，正式開啟兩岸兒童文學交流歷史的一頁。

其實，兩岸或說同文，但其間隔離至少有百年之久，且由於種種政治因素，目前兩岸又處於零互動的階段。而後「發現臺灣」已然成為主流與事實。

因此，所謂臺灣兒童文學的源頭或資源，除前述各國兒童文學的三個源頭，又有受日本、西方歐美與中國的影響。而所謂三個源頭主要是以漢人文化為主，其實也就是傳統的中國文化。

臺灣兒童文學的起點，無論是一九〇七年（明治四〇年），或是一九一二年（明治四十五年／大正元年），雖然時間在日治時期，但無疑臺灣的兒童文學是屬於華文世界兒童文學的一支，它與中國漢人文化是有血緣近親的關係。因此，了解中國上個世紀新時代繁華盛世的兒童文學，是一種必然尋根之旅。

本套書是以懷舊和研究為先，因此增補了原書出版的年代（含年、月）、出版地以及作者簡介等資料。期待能補足你對華文世界兒童文學的歷史與記憶。

林文寶，現任臺東大學榮譽教授，曾任臺東大學人文學院院長、兒童文學研究所創所所長、亞洲兒童文學學會臺灣會長等。獲得第三屆五四兒童文學教育獎，中國文藝協會文藝獎章（兒童文學獎），信誼特殊貢獻獎等獎肯定。

原貌重現中國兒童文學作品

蔣風

今年年初的一天，我的年輕朋友梅杰給我打來電話，他代表海豚出版社邀請我為他策劃的一套中國兒童文學經典懷舊系列擔任主編，也許他認為我一輩子與中國兒童文學結緣，且大半輩子從事中國兒童文學教學與研究工作，對這一領域比較熟悉，了解較多，有利於全套書系經典作品的斟酌與取捨。

一開始我也感到有點突然，但畢竟自己從童年開始，就是讀《稻草人》《寄小讀者》《大林和小林》等初版本長大的。後又因教學和研究工作需要，幾乎一而再、再而三與這些兒童文學經典作品為伴，並反復閱讀。很快地，我的懷舊之情油然而生，便欣然允諾。

近幾個月來，我不斷地思考著哪些作品稱得上是中國兒童文學的經典？哪幾種是值得我們懷念的版本？一方面經常與出版社電話商討，一方面又翻找自己珍藏的舊書。同時還思考著出版這套書系的當代價值和意義。

中國兒童文學的歷史源遠流長，卻長期處於一種「不自覺」的蒙昧狀態。而清末宣統年間孫毓修主編的「童話叢刊」中的《無貓國》的出版，可算是「覺醒」的一個信號，至今已經走過整整一百年了。即便從中國出現「兒童文學」這個名詞後，葉聖陶的《稻草人》出版算起，也將近一個世紀了。在這段不長的時間裡，中國兒童文學不斷地成長，漸漸走向成熟。其中有些作品經久不衰，而一些作品卻在歷史的進程中消失了蹤影。然而，真正經典的作品，應該永遠活在眾多讀者的心底，並不時在讀者的腦海裡泛起她的倩影。

當我們站在新世紀初葉的門檻上，常常會在心底提出疑問：在這一百多年的時間裡，中國到底積澱了多少兒童文學經典名著？如今的我們又如何能夠重溫這些經典呢？

在市場經濟高度繁榮的今天，環顧當下圖書出版市場，能夠隨處找到這些經典名著各式各樣的新版本。遺憾的是，我們很難從中感受到當初那種閱讀經典作品時的新奇感、愉悅感、崇敬感。因為市面上的新版本，大都是美繪本、青少版、刪節版，甚至是粗糙的改寫本或編寫本。不少編輯和編者輕率地刪改了原作的字詞、標點，配上了與經典名著不甚協調的插圖。我想，真正的經典版本，從內容到形式都應該是精致的、典雅的，書中每個角落透露出來的氣息，都要與作品內在的美感、精神、品質相一致。於是，我繼續往前回想，記憶起那些經典名著的初版本，或者其他的老版本——我的心不禁微微一震，那裡才有我需要的閱讀感覺。

在很長的一段時間裡，我也渴望著這些中國兒童文學舊經典，能夠以它們原來的面貌重現於今天的讀者面前。至少，新的版本能夠讓讀者記憶起它們初始的樣子。此外，還有許多已經沉睡在某家圖書館或某個民間藏書家手裡的舊版本，我也希望它們能夠以原來的樣子再度展現自己。我想這恐怕也就是出版者推出這套書系的初衷。

也許有人會懷疑這種懷舊感情的意義。其實，懷舊是人類普遍存在的情感。它是一種自古迄今，不分中外都有的文化現象，反映了人類作為個體，在漫長的人生旅途上，需要回首自己走過的路，讓一行行的腳印在腦海深處復活。

懷舊，不是心靈無助的漂泊；懷舊也不是心理病態的表徵。懷舊，能夠使我們憧憬理想的價值；懷舊，可以讓我們明白追求的意義；懷舊，也促使我們理解生命的真諦。它既可讓人獲得心靈的慰藉，也能從中獲得精神力量。因此，我認為出版本書系，也是另一種形式的文化積澱。

懷舊不僅是一種文化積澱，它更為我們提供了一種經過時間發酵釀造而成的文化營養。它為認識、評價當前兒童文學創作、出版、研究提供了一份有價值的參照系統，體現了我們對它們批判性的繼承和發揚，同時還為繁榮我國兒童文學事業提供了一個座標、方向，從而順利找到超越以往的新路。這是本書系出版的根本旨意的基點。

這套書經過長時間的籌畫、準備，將要出版了。

我們出版這樣一個書系，不是炒冷飯，而是迎接一個新的挑戰。

我們的汗水不會白灑，這項勞動是有意義的。

我們是嚮往未來的，我們正在走向未來。

我們堅信自己是懷著崇高的信念，追求中國兒童文學更崇高的明天的。

二〇一一年三月二〇日

於中國兒童文學研究中心

蔣風，一九二五年生，浙江金華人。亞洲兒童文學學會共同會長、中國兒童文學學科創始人、中國國際兒童文學館館長。曾任浙江師範大學校長。著有《中國兒童文學講話》《兒童文學叢談》《兒童文學概論》《蔣風文壇回憶錄》等。二〇一一年，榮獲國際格林獎，是中國迄今為止唯一的獲得者。

目錄

狂人日記

某君昆仲，今隱其名，皆余昔日在中學校時良友；分隔多年，消息漸闕。日前偶聞其一大病；適歸故鄉，迂道往訪，則僅晤一人，言病者其弟也。勞君遠道來視，然已早愈，赴某地候補矣。因大笑，出示日記二冊，謂可見當日病狀，不妨獻諸舊友。持歸閱一過，知所患蓋「迫害狂」之類。語頗錯雜無倫次，又多荒唐之言；亦不著月日，惟墨色字體不一，知非一時所書。間亦有略具聯絡者，今撮錄一篇，以供醫家研究。記中語誤，一字不易；惟人名雖皆村人，不為世間所知，無關大體，然亦悉易去。至於書名，則本人愈後所題，不復改也。七年四月二日識。

一

今天晚上，很好的月光。

我不見他，已是三十多年；今天見了，精神分外爽快。才知道以前的三十多年，全是發昏；然而須十分小心。不然，那趙家的狗，何以看我兩眼呢？

我怕得有理。

二

今天全沒月光，我知道不妙。早上小心出門，趙貴翁的眼色便怪：似乎怕我，似乎想害我。還有七八個人，交頭接耳的議論我，又怕我看見。一路上的人，都是如此。其中最凶的一個人，張著嘴，對我笑了一笑；我便從頭直冷到腳跟，曉得他們布置，都已妥當了。

我可不怕，仍舊走我的路。前面一夥小孩子，也在那裡議論我；眼色也同趙貴翁一樣，臉色也都鐵青。我想我同小孩子有什麼仇，他也這樣。忍不住大聲說，「你告訴我！」他們可就跑了。

我想：我同趙貴翁有什麼仇，同路上的人又有什麼仇；只有廿年以前，把古久先生的陳年流水簿子，踹了一腳，古久先生很不高興。趙貴翁雖然不認識他，一定也聽到風聲，代抱不平；約定路上的人，同我作冤對。但是小孩子呢？那時候，他們還沒有出世，何以今天也睜著怪眼睛，似乎怕我，似乎想害我。這真教我怕，教我納罕而且傷心。

我明白了。這是他們娘老子教的！

三

晚上總是睡不著。凡事須得研究，才會明白。

他們——也有給知縣打枷過的，也有給紳士掌過嘴的，也有衙役佔了他妻子的，也有老子娘被債主逼死的；他們那時候的臉色，全沒有昨天這麼怕，也沒有這麼凶。

最奇怪的是昨天街上的那個女人，打他兒子，嘴裡說道，「老子呀！我要咬你幾口才出氣！」他眼睛卻看著我。我出了一驚，遮掩不住；那青面獠牙的一夥人，便都哄笑起來。陳老五趕上前，硬把我拖回家中了。

拖我回家，家裡的人都裝作不認識我；他們的眼色，也全同別人一樣。進了書房，便反扣上門，宛然是關了一隻雞鴨。這一件事，越教我猜不出底細。

前幾天，狼子村的佃戶來告荒，對我大哥說，他們村裡的一個大惡人，給大家打死了；幾個人便挖出他的心肝來，用油煎炒了吃，可以壯壯膽子。我插了一句嘴，佃戶和大哥便都看我幾眼。今天才曉得他們的眼光，全同外面的那夥人一模一樣。

想起來，我從頂上直冷到腳跟。

他們會吃人，就未必不會吃我。

你看那女人「咬你幾口」的話，和一夥青面獠牙人的笑，和前天佃戶的話，明明是暗號。我看出他話中全是毒，笑中全是刀。他們的牙齒，全是白厲厲的排著，這就是吃人的傢伙。

照我自己想，雖然不是惡人，自從踹了古家的簿子，可就難說了。他們似乎別有心思，我全猜不出。況且他們一翻臉，便說人是惡人。我還記得大哥教我做論，無論怎樣好人，翻他幾句，他便打上幾個圈；原諒壞人幾句，他便說「翻天妙手，與眾不同」。我那裡猜得到他們的心思，究竟怎樣；況且是要吃的時候。

凡事總須研究，才會明白。古來時常吃人，我也還記得，可是不甚清楚。我翻開歷史一查，這歷史沒有年代，歪歪斜斜的每葉上都寫著「仁義道德」幾個字。我橫豎睡不著，仔細看了半夜，才從字縫裡看出字來，滿本都寫著兩個字是「吃人」！

書上寫著這許多字，佃戶說了這許多話，卻都笑吟吟的睜著怪眼睛看我。

我也是人，他們想要吃我了！

四

早上，我靜坐了一會。陳老五送進飯來，一碗菜，一碗蒸魚；這魚的眼睛，白而且硬，張著嘴，同那一夥想吃人的人一樣。吃了幾筷，滑溜溜的不知是魚是人，便把他兜肚連腸的吐出。

我說「老五，對大哥說，我悶得慌，想到園裡走走。」老五不答應，走了；停一會，可就來開了門。

我也不動，研究他們如何擺布我；知道他們一定不肯放鬆。果然！我大哥引了一個老頭子，慢慢走來；他滿眼凶光，怕我看出，只是低頭向著地，從眼鏡橫邊暗暗看我。大哥說，「今天你仿佛很好。」我說「是的。」大哥說，「今天請何先生來，給你診一診。」我說「可以！」其實我豈不知道這老頭子是劊子手扮的！無非借了看脈這名目，揣一揣肥瘠：因這功勞，也分一片肉吃。我也不怕；雖然不吃人，膽子卻比他們還壯。伸出兩個拳頭，看他如何下手。老頭子坐著，閉了眼睛，摸了好一會，呆了好一會；便張開他鬼眼睛說，「不要亂想。靜靜的養幾天，就好了。」

不要亂想，靜靜的養！養肥了，他們是自然可以多吃；我有什麼好處，怎麼會「好了」？他們這群人，又想吃人，又是鬼鬼祟祟，想法子遮掩，不敢直捷下手，真要令我笑死。我忍不住，便放聲大笑起來，十分快活。自己曉得這笑聲裡面，有的是義勇和正氣。老頭子和大哥，都失了色，被我這勇氣正氣鎮壓住了。但是我有勇氣，他們便越想吃我，沾光一點這勇氣。老頭子跨出門，走不多遠，便低聲對大哥說道，「趕緊吃罷！」大哥點點頭。原來也有你！這一件大發見，雖似意外，也在意中：合夥吃我的人，便是我的哥哥！

吃人的是我哥哥！

我是吃人的人的兄弟！

我自己被人吃了，可仍然是吃人的人的兄弟！

五

這幾天是退一步想：假使那老頭子不是劊子手扮的，真是醫生，也仍然是吃人的人。他們的祖師李時珍做的「本草什麼」上，明明寫著人肉可以煎吃；他還能說自己不吃人麼？

至於我家大哥，也毫不冤枉他。他對我講書的時候，親口說過可以「易子而食」；又一回偶然議論起一個不好的人，他便說不但該殺，還當「食肉寢皮」。我那時年紀還小，心跳了好半天。前天狼子村佃戶來說吃心肝的事，他也毫不奇怪，不住的點頭。可見心思是同從前一樣狠。既然可以「易子而食」，便什麼都易得，什麼人都吃得。我從前單聽他講道理，也糊塗過去；現在曉得他講道理的時候，不但唇邊還抹著人油，而且心裡滿裝著吃人的意思。

六

黑漆漆的，不知是日是夜。趙家的狗又叫起來了。

獅子似的凶心，兔子的怯弱，狐狸的狡猾，……

七

我曉得他們的方法，直捷殺了，是不肯的，而且也不敢，怕有禍祟。所以他們大家連絡，布滿了羅網，逼我自戕。試看前幾天街上男女的樣子，和這幾天我大哥的作為，便足可悟出八九分了。最好是解下腰帶，掛在梁上，自己緊緊勒死；他們沒有殺人的罪名，又償了心願，自然都歡天喜地的發出一種嗚嗚咽咽的笑聲。否則驚嚇憂愁死了，雖則略瘦，也還可以首肯幾下。

他們是只會吃死肉的！——記得什麼書上說，有一種東西，叫「海乙那」的，眼光和樣子都很難看；時常吃死肉，連極大的骨頭，都細細嚼爛，咽下肚子去，想起來也教人害怕。「海乙那」是狼的親眷，狼是狗的本家。前天趙家的狗，看我幾眼，可見他也同謀，早已接洽。老頭子眼看著地，豈能瞞得我過。

最可憐的是我的大哥，他也是人，何以毫不害怕；而且合夥吃我呢？還是歷來慣了，不以為非呢？還是喪了良心，明知故犯呢？

我詛咒吃人的人，先從他起頭；要勸轉吃人的人，也先從他下手。

八

其實這種道理，到了現在，他們也該早已懂得，……

忽然來了一個人；年紀不過二十左右，相貌是不很看得清楚，滿面笑容，對了我點頭，他的笑也不像真笑。我便問他，「吃人的事，對麼？」他仍然笑著說，「不是荒年，怎麼會吃人。」我立刻就曉得，他也是一夥，喜歡吃人的；便自勇氣百倍，偏要問他。

「對麼？」

「這等事問他什麼。你真會……說笑話。……今天天氣很好。」

天氣是好，月色也很亮了。可是我要問你，「對麼？」

他不以為然了。含含糊胡的答道，「不……」

「不對？他們何以竟吃？！」

「沒有的事……」

「沒有的事？狼子村現吃；還有書上都寫著，通紅斬新！」

他便變了臉，鐵一般青。睜著眼說，「有許有的，這是從來如此……」

「從來如此，便對麼？」

「我不同你講這些道理；總之你不該說，你說便是你錯！」

我直跳起來，張開眼，這人便不見了。全身出了一大片汗。他的年紀，比我大哥小得遠，居然也是一夥；這一定是他娘老子先教的。還怕已經教給他兒子了；所以連小孩子，也都惡狠狠的看我。

九

自己想吃人，又怕被別人吃了，都用著疑心極深的眼光，面面相覷。……

去了這心思，放心做事走路吃飯睡覺，何等舒服。這只是一條門檻，一個關頭。他們可是父子兄弟夫婦朋友師生仇敵和各不相識的人，都結成一夥，互相勸勉，互相牽掣，死也不肯跨過這一步。

十

大清早，去尋我大哥；他立在堂門外看天，我便走到他背後，攔住門，格外沉靜，格外和氣的對他說，

「大哥，我有話告訴你。」

「你說就是，」他趕緊回過臉來，點點頭。

「我只有幾句話，可是說不出來。大哥，大約當初野蠻的人，都吃過一點人。後來因為心思不同，有的不吃人了，一味要好，便變了人，變了真的人。有的卻還吃，——也同蟲子一樣，有的變了魚鳥猴子，一直變到人。有的不要好，至今還是蟲子。這吃人的人比不吃人的人，何等慚愧。怕比蟲子的慚愧猴子，還差得很遠很遠。

「易牙蒸了他兒子，給桀紂吃，還是一直從前的事。誰曉得從盤古開闢天地

以後，一直吃到易牙的兒子；從易牙的兒子，一直吃到徐錫林；從徐錫林，又一直吃到狼子村捉住的人。去年城裡殺了犯人，還有一個生痨病的人，用饅頭蘸血舐。

「他們要吃我，你一個人，原也無法可想；然而又何必去入夥。吃人的人，什麼事做不出；他們會吃我，也會吃你，一夥裡面，也會自吃。但只要轉一步，只要立刻改了，也就人人太平。雖然從來如此，我們今天也可以格外要好，說是不能！大哥，我相信你能說，前天佃戶要減租，你說過不能。」

當初，他還只是冷笑，隨後眼光便凶狠起來，一到說破他們的隱情，那就滿臉都變成青色了。大門外立著一夥人，趙貴翁和他的狗，也在裡面，都探頭探腦的挨進來。有的是看不出面貌，似乎用布蒙著；有的是仍舊青面獠牙，抿著嘴笑。我認識他們是一夥，都是吃人的人。可是也曉得他們心思很不一樣，一種是以為從來如此，應該吃的；一種是知道不該吃，可是仍然要吃，又怕別人說破他，所以聽了我的話，越發氣憤不過，可是抿著嘴冷笑。

這時候，大哥也忽然顯出凶相，高聲喝道，

「都出去！瘋子有什麼好看！」

這時候，我又懂得一件他們的巧妙了。他們豈但不肯改，而且早已布置；預備下一個瘋子的名目罩上我。將來吃了，不但太平無事，怕還會有人見情。佃戶說的大家吃了一個惡人，正是這方法。這是他們的老譜！

陳老五也氣憤憤的直走進來。如何按得住我的口，我偏要對這夥人說，

「你們可以改了，從真心改起！要曉得將來容不得吃人的人，活在世上。

「你們要不改，自己也會吃盡。即使生得多，也會給真的人除滅了，同獵人打完狼子一樣！——同蟲子一樣！」

那一夥人，都被陳老五趕走了。大哥也不知那裡去了。陳老五勸我回屋子裡去。屋裡面全是黑沉沉的。橫梁和椽子都在頭上發抖；抖了一會，就大起來，堆在我身上。

萬分沉重，動彈不得；他的意思是要我死。我曉得他的沉重是假的，便掙扎出來，出了一身汗。可是偏要說，

「你們立刻改了，從真心改起！你們要曉得將來是容不得吃人的人，……」

十一

太陽也不出，門也不開，日日是兩頓飯。

我捏起筷子，便想起我大哥；曉得妹子死掉的緣故，也全在他。那時我妹子才五歲，可愛可憐的樣子，還在眼前。母親哭個不住，他卻勸母親不要哭；大約因為自己吃了，哭起來不免有點過意不去。如果還能過意不去，……

妹子是被大哥吃了，母親知道沒有，我可不得而知。

母親想也知道；不過哭的時候，卻並沒有說明，大約也以為應當的了。記得我四五歲時，坐在堂前乘涼，大哥說爺娘生病，做兒子的須割下一片肉來，煮熟了請他吃，才算好人；母親也沒有說不行。一片吃得，整個的自然也吃得。但是那天的哭法，現在想起來，實在還教人傷心，這真是奇極的事！

十二

不能想了。

四千年來時時吃人的地方，今天才明白，我也在其中混了多年；大哥正管著家務，妹子恰恰死了，他未必不和在飯菜裡，暗暗給我們吃。

我未必無意之中，不吃了我妹子的幾片肉，現在也輪到我自己，……

有了四千年吃人履歷的我，當初雖然不知道，現在明白，難見真的人！

十三

沒有吃過人的孩子，或者還有？

救救孩子……

一九一八年四月。

孔乙己

魯鎮的酒店的格局，是和別處不同的：都是當街一個曲尺形的大櫃檯，櫃裡面預備著熱水，可以隨時溫酒。做工的人，傍午傍晚散了工，每每花四文銅錢，買一碗酒，——這是二十多年前的事，現在每碗要漲到十文，——靠櫃外站著，熱熱的喝了休息；倘肯多花一文，便可以買一碟鹽煮筍，或者茴香豆，做下酒物了，如果出到十幾文，那就能買一樣葷菜，但這些顧客，多是短衣幫，大抵沒有這樣闊綽。只有穿長衫的，才踱進店面隔壁的房子裡，要酒要菜，慢慢地坐喝。

我從十二歲起，便在鎮口的咸亨酒店裡當夥計，掌櫃說，樣子太傻，怕侍候不了長衫主顧，就在外面做點事罷。外面的短衣主顧，雖然容易說話，但嘮嘮叨叨纏夾不清的也很不少。他們往往要親眼看著黃酒從罈子裡舀出，看過壺子底裡有水沒有，又親看將壺子放在熱水裡，然後放心：在這嚴重監督之下，羼水也很為難。所以過了幾天，掌櫃又說我幹不了這事。幸虧薦頭的情面大，辭退不得，便改為專管溫酒的一種無聊職務了。

我從此便整天的站在櫃檯裡，專管我的職務。雖然沒有什麼失職，但總覺有些單調，有些無聊。掌櫃是一副凶臉孔，主顧也沒有好聲氣，教人活潑不得；只有孔乙己到店，才可以笑幾聲，所以至今還記得。

孔乙己是站著喝酒而穿長衫的唯一的人。他身材很高大；青白臉色，皺紋間時常夾些傷痕；一部亂蓬蓬的花白的鬍子。穿的雖然是長衫，可是又髒又破，似乎十多年沒有補，也沒有洗。他對人說話，總是滿口之乎者也，教人半懂不懂的。因為他姓孔，別人便從描紅紙上的「上大人孔乙己」這半懂不懂的話裡，替他取下一個綽號，叫作孔乙己。孔乙己一到店，所有喝酒的人便都看著他笑，有的叫道，「孔乙己，你臉上又添上新傷疤了！」他不回答，對櫃裡說，「溫兩碗酒，要一碟茴香豆。」便排出九文大錢。他們又故意的高聲嚷道，「你一定又偷了人家的東西了！」孔乙己睜大眼睛說，「你怎麼這樣憑空汙人清白……」「什麼清白？我前天親眼見你偷了何家的書，吊著打。」孔乙己便漲紅了臉，額上的青筋條條綻出，爭辯道，「竊書不能算偷……竊書！……讀書人的事，能算偷麼？」接連便是難懂的話，什麼「君子固窮」，什麼「者乎」之類，引得眾人都哄笑起來：店內外充滿了快活的空氣。

聽人家背地裡談論，孔乙己原來也讀過書，但終於沒有進學，又不會營生；於是愈過愈窮，弄到將要討飯了。幸而寫得一筆好字，便替人家鈔鈔書，換一碗飯吃。可惜他又有一樣壞脾氣，便是好喝懶做。坐不到幾天，便連人和書籍紙張筆硯，一齊失蹤。如是幾次，叫他鈔書的人也沒有了。孔乙己沒有法，便免不了偶然做些偷竊的事。但他在我們店裡，品行卻比別人都好，就是從不拖欠；雖然間或沒有現錢，暫時記在粉板上，但不出一月，定然還清，從粉板上拭去了孔乙己的名字。

孔乙己喝過半碗酒，漲紅的臉色漸漸復了原，旁人便又問道，「孔乙己，你當真認識字麼？」孔乙己看著問他的人，顯出不屑置辯的神氣。他們便接著說道，「你怎的連半個秀才也撈不到呢？」孔乙己立刻顯出頹唐不安模樣，臉上籠上了一層灰色，嘴裡說些話；這回可是全是之乎者也之類，一些不懂了。在這時候，眾人也都哄笑起來：店內外充滿了快活的空氣。

在這些時候，我可以附和著笑，掌櫃是決不責備的。而且掌櫃見了孔乙己，也每每這樣問他，引人發笑。孔乙己自己知道不能和他們談天，便只好向孩子說話。有一回對我說道，「你讀過書麼？」我略略點一點頭。他說，「讀過書，……

我便考你一考。茴香豆的茴字，怎樣寫的？」我想，討飯一樣的人，也配考我麼？便回過臉去，不再理會。孔乙己等了許久，很懇切的說道，「不能寫罷？……我教給你，記著！這些字應該記著。將來做掌櫃的時候，寫賬要用。」我暗想我和掌櫃的等級還很遠呢，而且我們掌櫃也從不將茴香豆上帳；又好笑，又不耐煩，懶懶的答他道，「誰要你教，不是草頭底下一個來回的回字麼？」孔乙己顯出極高興的樣子，將兩個指頭的長指甲敲著櫃檯，點頭說，「對呀對呀！……回字有四樣寫法，你知道麼？」我愈不耐煩了，努著嘴走遠。孔乙己剛用指甲蘸了酒，想在櫃上寫字，見我毫不熱心，便又嘆一口氣，顯出極惋惜的樣子。

有幾回，鄰舍孩子聽得笑聲，也趕熱鬧，圍住了孔乙己。他便給他們茴香豆吃，一人一顆。孩子吃完豆，仍然不散，眼睛都望著碟子。孔乙己著了慌，伸開五指將碟子罩住，彎腰下去說道，「不多了，我已經不多了。」直起身又看一看豆，自己搖頭說，「不多不多！多乎哉？不多也。」於是這一群孩子都在笑聲裡走散了。

孔乙己是這樣的使人快活，可是沒有他，別人也便這麼過。

有一天，大約是中秋前的兩三天，掌櫃正在慢慢的結帳，取下粉板，忽然說，

「孔乙己長久沒有來了。還欠十九個錢呢！」我才也覺得他的確長久沒有來了。一個喝酒的人說道，「他怎麼會來？……他打折了腿了。」掌櫃說，「哦！」「他總仍舊是偷。這一回，是自己發昏，竟偷到丁舉人家裡去了。他家的東西，偷得的麼？」「後來怎麼樣？」「怎麼樣？先寫服辯，後來是打，打了大半夜，再打折了腿。」「後來呢？」「後來打折了腿了。」「打折了怎樣呢？」「怎樣？……誰曉得？許是死了。」掌櫃也不再問，仍然慢慢的算他的賬。

中秋過後，秋風是一天涼比一天，看看將近初冬；我整天的靠著火，也須穿上棉襖了。一天的下半天，沒有一個顧客，我正合了眼坐著。忽然間聽得一個聲音，「溫一碗酒。」這聲音雖然極低，卻很耳熟，看時又全沒有人。站起來向外一望，那孔乙己便在櫃檯下對了門檻坐著。他臉上黑而且瘦，已經不成樣子；穿一件破夾襖，盤著兩腿，下面墊一個蒲包，用草繩在肩上掛住；見了我，又說道，「溫一碗酒。」掌櫃也伸出頭去，一面說，「孔乙己麼？你還欠十九個錢呢！」孔乙己很頹唐的仰面答道，「這……下回還清罷。這一回是現錢，酒要好。」掌櫃仍然同平常一樣，笑著對他說，「孔乙己，你又偷了東西了！」但他這回卻不十分分辯，單說了一句「不要取笑！」「取笑？要是不偷，怎麼會打斷腿？」孔乙己低聲說道，「跌斷，跌，跌……」他的眼色，很像懇求掌櫃，不要再提。此時已經聚集了幾個人，便和掌櫃都笑了。我溫了酒，端出去，放在門檻上。他從破衣袋裡摸出四文大錢，放在我手裡，見他滿手是泥，原來他便用這手走來的。不一會，他喝完酒，便又在旁人的說笑聲中，坐著用這手慢慢走去了。

自此以後，又長久沒有看見孔乙己。到了年關，掌櫃取下粉板說，「孔乙己還欠十九個錢呢！」到第二年的端午，又說「孔乙己還欠十九個錢呢！」到中秋可是沒有說，再到年關也沒有看見他。

我到現在終於沒有見——大約孔乙己的確死了。

一九一九年三月。

藥

秋天的後半夜，月亮下去了，太陽還沒有出，只剩下一片烏藍的天；除了夜遊的東西，什麼都睡著。華老栓忽然坐起身，擦著火柴，點上遍身油膩的燈盞，茶館的兩間屋子裡，便彌滿了青白的光。

「小栓的爹，你就去麼？」是一個老女人的聲音。裡邊的小屋子裡，也發出一陣咳嗽。

「唔。」老栓一面聽，一面應，一面扣上衣服；伸手過去說，「你給我罷。」

華大媽在枕頭底下掏了半天，掏出一包洋錢，交給老栓，老栓接了，抖抖的裝入衣袋，又在外面按了兩下；便點上燈籠，吹熄燈盞，走向裡屋子去了。那屋子裡面，正在窸窸窣窣的響，接著便是一通咳嗽。老栓候他平靜下去，才低低的叫道，「小栓……你不要起來。……店麼？你娘會安排的。」

老栓聽得兒子不再說話，料他安心睡了；便出了門，走到街上。街上黑沉沉的一無所有，只有一條灰白的路，看得分明。燈光照著他的兩腳，一前一後的走。

有時也遇到幾隻狗，可是一隻也沒有叫。天氣比屋子裡冷得多了；老栓倒覺爽快，彷佛一旦變了少年，得了神通，有給人生命的本領似的，跨步格外高遠。而且路也愈走愈分明，天也愈走愈亮了。

老栓正在專心走路，忽然吃了一驚，遠遠裡看見一條丁字街，明明白白橫著。他便退了幾步，尋到一家關著門的鋪子，蹩進簷下，靠門立住了。好一會，身上覺得有些發冷。

「哼，老頭子。」

「倒高興……。」

老栓又吃一驚，睜眼看時，幾個人從他面前過去了。一個還回頭看他，樣子不甚分明，但很像久餓的人見了食物一般，眼裡閃出一種攫取的光。老栓看看燈籠，已經熄了。按一按衣袋，硬硬的還在。仰起頭兩面一望，只見許多古怪的人，三三兩兩，鬼似的在那裡徘徊；定睛再看，卻也看不出什麼別的奇怪。

沒有多久，又見幾個兵，在那邊走動；衣服前後的一個大白圓圈，遠地裡也看得清楚，走過面前的，並且看出號衣上暗紅色的鑲邊。——一陣腳步聲響，一眨眼，已經擁過了一大簇人。那三三兩兩的人，也忽然合作一堆，潮一般向前趕；

將到丁字街口，便突然立住，簇成一個半圓。

老栓也向那邊看，卻只見一堆人的後背；頸項都伸得很長，彷彿許多鴨，被無形的手捏住了的，向上提著。靜了一會，似乎有點聲音，便又動搖起來，轟的一聲，都向後退；一直散到老栓立著的地方，幾乎將他擠倒了。

「喂！一手交錢，一手交貨！」一個渾身黑色的人，站在老栓面前，眼光正像兩把刀，刺得老栓縮小了一半。那人一隻大手，向他攤著；一隻手卻撮著一個鮮紅的饅頭，那紅的還是一點一點的往下滴。

老栓慌忙摸出洋錢，抖抖的想交給他，卻又不敢去接他的東西。那人便焦急起來，嚷道，「怕什麼？怎的不拿！」老栓還躊躇著；黑的人便搶過燈籠，一把扯下紙罩，裹了饅頭，塞與老栓；一手抓過洋錢，捏一捏，轉身去了。嘴裡哼著說，「這老東西……。」

「這給誰治病的呀？」老栓也似乎聽得有人問他，但他並不答應；他的精神，現在只在一個包上，彷彿抱著一個十世單傳的嬰兒，別的事情，都已置之度外了。他現在要將這包裡的新的生命，移植到他家裡，收穫許多幸福。太陽也出來了；在他面前，顯出一條大道，直到他家中，後面也照見丁字街頭破匾上「古口亭口」

這四個黯淡的金字。

二

老栓走到家，店面早經收拾乾淨，一排一排的茶桌，滑溜溜的發光。但是沒有客人；只有小栓坐在裡排的桌前吃飯，大粒的汗，從額上滾下，夾襖也貼住了脊心，兩塊肩胛骨高高凸出，印成一個陽文的「八」字。老栓見這樣子，不免皺一皺展開的眉心。他的女人，從灶下急急走出，睜著眼睛，嘴唇有些發抖。

「得了麼？」

「得了。」

兩個人一齊走進灶下，商量了一會；華大媽便出去了，不多時，拿著一片老荷葉回來，攤在桌上。老栓也打開燈籠罩，用荷葉重新包了那紅的饅頭。小栓也吃完飯，他的母親慌忙說：

「小栓——你坐著，不要到這裡來。」

一面整頓了灶火，老栓便把一個碧綠的包，一個紅紅白白的破燈籠，一同塞在灶裡；一陣紅黑的火焰過去時，店屋裡散滿了一種奇怪的香味。

「好香！你們吃什麼點心呀？」這是駝背五少爺到了。這人每天總在茶館裡過日，來得最早，去得最遲，此時恰恰蹩到臨街的壁角的桌邊，便坐下問話，然而沒有人答應他。「炒米粥麼？」仍然沒有人應。老栓匆匆走出，給他泡上茶。

「小栓進來罷！」華大媽叫小栓進了裡面的屋子，中間放好一條凳，小栓坐了。他的母親端過一碟烏黑的圓東西，輕輕說：

「吃下去罷，——病便好了。」

小栓撮起這黑東西，看了一會，似乎拿著自己的性命一般，心裡說不出的奇怪。十分小心的拗開了，焦皮裡面竄出一道白氣，白氣散了，是兩半個白麵的饅頭。——不多工夫，已經全在肚裡了，卻全忘了什麼味；面前只剩下一張空盤。他的旁邊，一面立著他的父親，一面立著他的母親，兩人的眼光，都仿佛要在他身上注進什麼又要取出什麼似的；便禁不住心跳起來，按著胸膛，又是一陣咳嗽。

「睡一會罷，——便好了。」

小栓依他母親的話，咳著睡了。華大媽候他喘氣平靜，才輕輕的給他蓋上了滿幅補釘的夾被。

三

店裡坐著許多人，老栓也忙了，提著大銅壺，一趟一趟的給客人沖茶；兩個眼眶，都圍著一圈黑線。

「老栓，你有些不舒服麼？——你生病麼？」一個花白鬍子的人說。

「沒有。」

「沒有？——我想笑嘻嘻的，原也不像……」花白鬍子便取消了自己的話。

「老栓只是忙。要是他的兒子……」駝背五少爺話還未完，突然闖進了一個滿臉橫肉的人，披一件玄色布衫，散著紐扣，用很寬的玄色腰帶，胡亂捆在腰間。剛進門，便對老栓嚷道：

「吃了麼？好了麼？老栓，就是運氣了你！你運氣，要不是我信息靈……」

老栓一手提了茶壺，一手恭恭敬敬的垂著；笑嘻嘻的聽。滿座的人，也都恭敬敬的聽。華大媽也黑著眼眶，笑嘻嘻的送出茶碗茶葉來，加上一個橄欖，老栓便去沖了水。

「這是包好！這是與眾不同的。你想，趁熱的拿來，趁熱吃下。」橫肉的人只是嚷。

「真的呢，要沒有康大叔照顧，怎麼會這樣……」華大媽也很感激的謝他。

「包好，包好！這樣的趁熱吃下。這樣的人血饅頭，什麼癆病都包好！」

華大媽聽到「癆病」這兩個字，變了一點臉色，似乎有些不高興；但又立刻堆上笑，搭訕著走開了。這康大叔卻沒有覺察，仍然提高了喉嚨只是嚷，嚷得裡面睡著的小栓也合夥咳嗽起來。

「原來你家小栓碰到了這樣的好運氣了。這病自然一定全好；怪不得老栓整天的笑著呢。」花白鬍子一面說，一面走到康大叔面前，低聲下氣的問道，「康大叔——聽說今天結果的一個犯人，便是夏家的孩子，那是誰的孩子？究竟是什麼事？」

「誰的？不就是夏四奶奶的兒子麼？那個小傢伙！」康大叔見眾人都聳起耳朵聽他，便格外高興，橫肉塊塊飽綻，越發大聲說，「這小東西不要命，不要就是了。我可是這一回一點沒有得到好處；連剝下來的衣服，都給管牢的紅眼睛阿義拿去了。——第一要算我們栓叔運氣；第二是夏三爺賞了二十五兩雪白的銀子，獨自落腰包，一文不花。」

小栓慢慢的從小屋子走出，兩手按了胸口，不住的咳嗽；走到灶下，盛出一碗冷飯，泡上熱水，坐下便吃。華大媽跟著他走，輕輕的問道，「小栓，你好些麼？——你仍舊只是肚餓？……」

「包好，包好！」康大叔瞥了小栓一眼，仍然回過臉，對眾人說，「夏三爺真是乖角兒，要是他不先告官，連他滿門抄斬。現在怎樣？銀子！——這小東西也真不成東西！關在牢裡，還要勸牢頭造反。」

「阿呀，那還了得。」坐在後排的一個二十多歲的人，很現出氣憤模樣。

「你要曉得紅眼睛阿義是去盤盤底細的，他卻和他攀談了。他說：這大清的天下是我們大家的。你想：這是人話麼？紅眼睛原知道他家裡只有一個老娘，可是沒有料到他竟會那麼窮，榨不出一點油水，已經氣破肚皮了。他還要老虎頭上搔癢，便給他兩個嘴巴！」

「義哥是一手好拳棒，這兩下，一定夠他受用了。」壁角的駝背忽然高興起來。

「他這賤骨頭打不怕，還要說可憐可憐哩。」

花白鬍子的人說，「打了這種東西，有什麼可憐呢？」

康大叔顯出看他不上的樣子，冷笑著說，「你沒有聽清我的話；看他神氣，是說阿義可憐哩！」

聽著的人的眼光，忽然有些板滯；話也停頓了。小栓已經吃完飯，吃得滿身流汗，頭上都冒出蒸氣來。

「阿義可憐——瘋話，簡直是發了瘋了。」花白鬍子恍然大悟似的說。

「發了瘋了。」二十多歲的人也恍然大悟的說。

店裡的坐客，便又現出活氣，談笑起來。小栓也趁著熱鬧，拼命咳嗽；康大叔走上前，拍他肩膀說：

「包好！小栓——你不要這麼咳。包好！」

「瘋了。」駝背五少爺點著頭說。

四

西關外靠著城根的地面，本是一塊官地；中間歪歪斜斜一條細路，是貪走便道的人，用鞋底造成的，但卻成了自然的界限。路的左邊，都埋著死刑和瘐斃的人，右邊是窮人的叢塚。兩面都已埋到層層疊疊，宛然闊人家裡祝壽時候的饅頭。

這一年的清明，分外寒冷；楊柳才吐出半粒米大的新芽。天明未久，華大媽已在右邊的一坐新墳前面，排出四碟菜，一碗飯，哭了一場。化過紙，呆呆的坐在地上；彷彿等候什麼似的，但自己也說不出等候什麼。微風起來，吹動他短髮，確乎比去年白得多了。

小路上又來了一個女人，也是半白頭髮。襤褸的衣裙；提一個破舊的朱漆圓籃，外掛一串紙錠，三步一歇的走。忽然見華大媽坐在地上看他，便有些躊躇，慘白的臉上，現出些羞愧的顏色；但終於硬著頭皮，走到左邊的一坐墳前，放下了籃子。

那墳與小栓的墳，一字兒排著，中間只隔一條小路。華大媽看他排好四碟菜，一碗飯，立著哭了一通，化過紙錠；心裡暗暗地想，「這墳裡的也是兒子了。」那老女人徘徊觀望了一回，忽然手腳有些發抖，蹌蹌踉踉退下幾步，瞪著眼只是發怔。

華大媽見這樣子，生怕他傷心到快要發狂了；便忍不住立起身，跨過小路，低聲對他說，「你這位老奶奶不要傷心了，——我們還是回去罷。」

那人點一點頭，眼睛仍然向上瞪著；也低聲吃吃的說道，「你看，——看這是什麼呢？」

華大媽跟了他指頭看去，眼光便到了前面的墳，這墳上草根還沒有全合，露出一塊一塊的黃土，煞是難看。再往上仔細看時，卻不覺也吃一驚；——分明有一圈紅白的花，圍著那尖圓的墳頂。

他們的眼睛都已老花多年了，但望這紅白的花，卻還能明白看見。花也不很多，圓圓的排成一個圈，不很精神，倒也整齊。華大媽忙看他兒子和別人的墳，卻只有不怕冷的幾點青白小花，零星開著；便覺得心裡忽然感到一種不足和空虛，不願意根究。那老女人又走近幾步，細看了一遍，自言自語的說，「這沒有根，不像自己開的。——這地方有誰來呢？孩子不會來玩；——親戚本家早不來了。——這是怎麼一回事呢？」他想了又想，忽又流下淚來，大聲說道：

「瑜兒，他們都冤枉了你，你還是忘不了，傷心不過，今天特意顯點靈，要我知道麼？」他四面一看，只見一隻烏鴉，站在一株沒有葉的樹上，便接著說，「我知道了。——瑜兒，可憐他們坑了你，他們將來總有報應，天都知道；你閉了眼睛就是了。——你如果真在這裡，聽到我的話，——便教這烏鴉飛上你的墳頂，給我看罷。」

微風早經停息了；枯草支支直立，有如銅絲。一絲發抖的聲音，在空氣中愈顫愈細，細到沒有，周圍便都是死一般靜。兩人站在枯草叢裡，仰面看那烏鴉；那烏鴉也在筆直的樹枝間，縮著頭，鐵鑄一般站著。

許多的工夫過去了；上墳的人漸漸增多，幾個老的小的，在土墳間出沒。

華大媽不知怎的，似乎卸下了一挑重擔，便想到要走；一面勸著說，「我們還是回去罷。」

那老女人嘆一口氣，無精打采的收起飯菜；又遲疑了一刻，終於慢慢地走了。嘴裡自言自語的說，「這是怎麼一回事呢？……」

他們走不上二三十步遠，忽聽得背後「啞——」的一聲大叫；兩個人都竦然的回過頭，只見那烏鴉張開兩翅，一挫身，直向著遠處的天空，箭也似的飛去了。

一九一九年四月。

「沒有聲音，——小東西怎了？」

紅鼻子老拱手裡擎了一碗黃酒，說著，向間壁努一努嘴。藍皮阿五便放下酒碗，在他脊梁上用死勁的打了一掌，含含糊糊嚷道：

「你……你你又在想心思……。」

原來魯鎮是僻靜地方，還有些古風：不上一更，大家便都關門睡覺。深更半夜沒有睡的只有兩家：一家是咸亨酒店，幾個酒肉朋友圍著櫃檯，吃喝得正高興；一家便是間壁的單四嫂子，他自從前年守了寡，便須專靠著自己的一雙手紡出棉紗來，養活他自己和他三歲的兒子，所以睡的也遲。

這幾天，確鑿沒有紡紗的聲音了。但夜深沒有睡的既然只有兩家，這單四嫂子家有聲音，便自然只有老拱們聽到，沒有聲音，也只有老拱們聽到。

老拱挨了打，仿佛很舒服似的喝了一大口酒，嗚嗚的唱起小曲來。

這時候，單四嫂子正抱著他的寶兒，坐在床沿上，紡車靜靜的立在地上。黑沉沉的燈光，照著寶兒的臉，緋紅裡帶一點青。單四嫂子心裡計算：神簽也求過了，願心也許過了，單方也吃過了，要是還不見效，怎麼好？——那只有去診何小仙了。但寶兒也許是日輕夜重，到了明天，太陽一出，熱也會退，氣喘也會平的：這實在是病人常有的事。

單四嫂子是一個粗笨女人，不明白這「但」字的可怕：許多壞事固然幸虧有了他才變好，許多好事卻也因為有了他都弄糟。夏天夜短，老拱們嗚嗚的唱完了不多時，東方已經發白；不一會，窗縫裡透進了銀白色的曙光。

單四嫂子等候天明，卻不像別人這樣容易，覺得非常之慢，寶兒的一呼吸，幾乎長過一年。現在居然明亮了；天的明亮，壓倒了燈光，——看見寶兒的鼻翼，已經一放一收的扇動。

單四嫂子知道不妙，暗暗叫一聲「阿呀！」心裡計算：怎麼好？只有去診何小仙這一條路了。他雖然是粗笨女人，心裡卻有決斷，便站起身，從木櫃子裡掏出每天節省下來的十三個小銀元和一百八十銅錢，都裝在衣袋裡，鎖上門，抱著寶兒直向何家奔過去。

天氣還早，何家已經坐著四個病人了。他摸出四角銀元，買了號簽，第五個便輪到寶兒。何小仙伸開兩個指頭按脈，指甲足有四寸多長，單四嫂子暗地納罕，心裡計算：寶兒該有活命了。但總免不了著急，忍不住要問，便局局促促的說：

「先生，——我家的寶兒什麼病呀？」

「他中焦塞著。」

「不妨事麼？他……」

「先去吃兩帖。」

「他喘不過氣來，鼻翅子都扇著呢。」

「這是火克金……」

何小仙說了半句話，便閉上眼睛；單四嫂子也不好意思再問。在何小仙對面坐著的一個三十多歲的人，此時已經開好一張藥方，指著紙角上的幾個字說道：

「這第一味保嬰活命丸，須是賈家濟世老店才有！」

單四嫂子接過藥方，一面走，一面想。他雖是粗笨女人，卻知道何家與濟世老店與自己的家，正是一個三角點；自然是買了藥回去便宜了。於是又徑向濟世老店奔過去。店夥也翹了長指甲慢慢的看方，慢慢的包藥。單四嫂子抱了寶兒等著；寶兒忽然擎起小手來，用力拔他散亂著的一綹頭髮，這是從來沒有的舉動，單四嫂子怕得發怔。

太陽早出了。單四嫂子抱了孩子，帶著藥包，越走覺得越重；孩子又不住的掙扎，路也覺得越長。沒奈何坐在路旁一家公館的門檻上，休息了一會，衣服漸漸的冰著肌膚，才知道自己出了一身汗；寶兒卻仿佛睡著了。他再起來慢慢地走，仍然支撐不得，耳朵邊忽然聽得人說：

「單四嫂子，我替你抱勃羅！」似乎是藍皮阿五的聲音。

他抬頭看時，正是藍皮阿五，睡眼朦朧的跟著他走。

單四嫂子在這時候，雖然很希望降下一員天將，助他一臂之力，卻不願是阿五。但阿五有點俠氣，無論如何，總是偏要幫忙，所以推讓了一會，終於得了許可了。他便伸開臂膊，從單四嫂子的乳房和孩子中間，直伸下去，抱去了孩子。單四嫂子便覺乳房上發了一條熱，剎時間直熱到臉上和耳根。

他們兩人離開了二尺五寸多地，一同走著。阿五說些話，單四嫂子卻大半沒有答。走了不多時候，阿五又將孩子還給他，說是昨天與朋友約定的吃飯時候到了；單四嫂子便接了孩子。幸而不遠便是家，早看見對門的王九媽在街邊坐著，遠遠地說話：

「單四嫂子，孩子怎了？——看過先生了麼？」

「看是看了。——王九媽，你有年紀，見的多，不如請你老法眼看一看，怎樣……」

「唔……」

「怎樣……」

「唔……」王九媽端詳了一番，把頭點了兩點，搖了兩搖。

寶兒吃下藥，已經是午後了。單四嫂子留心看他神情，似乎仿佛平穩了不少；到得下午，忽然睜開眼叫一聲「媽！」又仍然合上眼，像是睡去了。他睡了一刻，額上鼻尖都沁出一粒一粒的汗珠，單四嫂子輕輕一摸，膠水般粘著手；慌忙去摸胸口，便禁不住嗚咽起來。

寶兒的呼吸從平穩變到沒有，單四嫂子的聲音也就從嗚咽變成號咷。這時聚集了幾堆人：門內是王九媽藍皮阿五之類，門外是咸亨的掌櫃和紅鼻子老拱之類。王九媽便發命令，燒了一串紙錢；又將兩條板凳和五件衣服作抵，替單四嫂子借了兩塊洋錢，給幫忙的人備飯。

第一個問題是棺木。單四嫂子還有一副銀耳環和一支裹金的銀簪，都交給了咸亨的掌櫃，託他作一個保，半現半賒的買一具棺木。藍皮阿五也伸出手來，很願意自告奮勇；王九媽卻不許他，只准他明天抬棺材的差使，阿五罵了一聲「老畜生」，怏怏的努了嘴站著。掌櫃便自去了；晚上回來，說棺木須得現做，後半夜才成功。

掌櫃回來的時候，幫忙的人早吃過飯；因為魯鎮還有些古風，所以不上一更，便都回家睡覺了。只有阿五還靠著咸亨的櫃檯喝酒，老拱也嗚嗚的唱。

這時候，單四嫂子坐在床沿上哭著，寶兒在床上躺著，紡車靜靜的在地上立著。許多工夫，單四嫂子的眼淚宣告完結了，眼睛張得很大，看看四面的情形，覺得奇怪：所有的都是不會有的事。他心裡計算：不過是夢罷了，這些事都是夢。明天醒過來，自己好好的睡在床上，寶兒也好好的睡在自己身邊。他也醒過來，叫一聲「媽」，生龍活虎似的跳去玩了。

老拱的歌聲早經寂靜，咸亨也熄了燈。單四嫂子張著眼，總不信所有的事。——雞也叫了；東方漸漸發白，窗縫裡透進了銀白色的曙光。

銀白的曙光又漸漸顯出緋紅，太陽光接著照到屋脊。單四嫂子張著眼，呆呆坐著；聽得打門聲音，才吃了一嚇，跑出去開門。門外一個不認識的人，背了一件東西；後面站著王九媽。

哦，他們背了棺材來了。

下半天，棺木才合上蓋：因為單四嫂子哭一回，看一回，總不肯死心塌地的蓋上；幸虧王九媽等得不耐煩，氣憤憤的跑上前，一把拖開他，才七手八腳的蓋上了。

但單四嫂子待他的寶兒，實在已經盡了心，再沒有什麼缺陷。昨天燒過一串紙錢，上午又燒了四十九卷〈大悲咒〉；收斂的時候，給他穿上頂新的衣裳，平日喜歡的玩意兒，——一個泥人，兩個小木碗，兩個玻璃瓶，——都放在枕頭旁邊。後來王九媽掐著指頭仔細推敲，也終於想不出一些什麼缺陷。

這一日裡，藍皮阿五簡直整天沒有到；咸亨掌櫃便替單四嫂子雇了兩名腳夫，每名二百另十個大錢，抬棺木到義塚地上安放。王九媽又幫他煮了飯，凡是動過手開過口的人都吃了飯。太陽漸漸顯出要落山的顏色；吃過飯的人也不覺都顯出要回家的顏色，——於是他們終於都回了家。

單四嫂子很覺得頭眩，歇息了一會，倒居然有點平穩了。但他接連著便覺得很異樣：遇到了平生沒有遇到過的事，不像會有的事，然而的確出現了。他越想越奇，又感到一件異樣的事——這屋子忽然太靜了。

他站起身，點上燈火，屋子越顯得靜。他昏昏的走去關上門，回來坐在床沿上，紡車靜靜的立在地上。他定一定神，四面一看，更覺得坐立不得，屋子不但太靜，而且也太大了，東西也太空了。

太大的屋子四面包圍著他，太空的東西四面壓著他，叫他喘氣不得。

他現在知道他的寶兒確乎死了；不願意見這屋子，吹熄了燈，躺著。他一面哭，一面想：想那時候，自己紡著棉紗，寶兒坐在身邊吃茴香豆，瞪著一雙小黑眼睛想了一刻，便說，「媽！爹賣餛飩，我大了也賣餛飩，賣許多許多錢，——我都給你。」那時候，真是連紡出的棉紗，也仿佛寸寸都有意思，寸寸都活著。但現在怎麼了？現在的事，單四嫂子卻實在沒有想到什麼。——我早經說過：他是粗笨女人。他能想出什麼呢？他單覺得這屋子太靜，太大，太空罷了。

但單四嫂子雖然粗笨，卻知道還魂是不能有的事，他的寶兒也的確不能再見了。嘆一口氣，自言自語的說，「寶兒，你該還在這裡，你給我夢裡見見罷。」於是合上眼，想趕快睡去，會他的寶兒，苦苦的呼吸通過了靜和大和空虛，自己聽得明白。

單四嫂子終於朦朦朧朧的走入睡鄉，全屋子都很靜。這時紅鼻子老拱的小曲，也早經唱完；蹌蹌踉踉出了咸亨，卻又提尖了喉嚨，唱道：

「我的冤家呀！——可憐你，——孤另另的……」

藍皮阿五便伸手揪住了老拱的肩頭，兩個人七歪八斜的笑著擠著走去。

單四嫂子早睡著了，老拱們也走了，咸亨也關上門了。這時的魯鎮，便完全落在寂靜裡。只有那暗夜為想變成明天，卻仍在這寂靜裡奔波；另有幾條狗，也躲在暗地裡嗚嗚的叫。

一九二〇年六月。

一件小事

我從鄉下跑到京城裡，一轉眼已經六年了。其間耳聞目睹的所謂國家大事，算起來也很不少；但在我心裡，都不留什麼痕跡，倘要我尋出這些事的影響來說，便只是增長了我的壞脾氣，——老實說，便是教我一天比一天的看不起人。

但有一件小事，卻於我有意義，將我從壞脾氣裡拖開，使我至今忘記不得。

這是民國六年的冬天，大北風刮得正猛，我因為生計關係，不得不一早在路上走。一路幾乎遇不見人，好容易才雇定了一輛人力車，教他拉到S門去。不一會，北風小了，路上浮塵早已刮淨，剩下一條潔白的大道來，車夫也跑得更快。剛近S門，忽而車把上帶著一個人，慢慢地倒了。

跌倒的是一個女人，花白頭髮，衣服都很破爛。伊從馬路邊上突然向車前橫截過來；車夫已經讓開道，但伊的破棉背心沒有上扣，微風吹著，向外展開，所以終於兜著車把。幸而車夫早有點停步，否則伊定要栽一個大斤斗，跌到頭破血出了。

伊伏在地上；車夫便也立住腳。我料定這老女人並沒有傷，又沒有別人看見，便很怪他多事，要自己惹出是非，也誤了我的路。

我便對他說，「沒有什麼的。走你的罷！」

車夫毫不理會，——或者並沒有聽到，——卻放下車子，扶那老女人慢慢起來，攙著臂膊立定，問伊說：

「你怎麼啦？」

「我摔壞了。」

我想，我眼見你慢慢倒地，怎麼會摔壞呢，裝腔作勢罷了，這真可憎惡。車夫多事，也正是自討苦吃，現在你自己想法去。

車夫聽了這老女人的話，卻毫不躊躇，仍然攙著伊的臂膊，便一步一步的向前走。我有些詫異，忙看前面，是一所巡警分駐所，大風之後，外面也不見人。這車夫扶著那老女人，便正是向那大門走去。

我這時突然感到一種異樣的感覺，覺得他滿身灰塵的後影，剎時高大了，而且愈走愈大，須仰視才見。而且他對於我，漸漸的又幾乎變成一種威壓，甚而至於要榨出皮袍下面藏著的「小」來。

我的活力這時大約有些凝滯了，坐著沒有動，也沒有想，直到看見分駐所裡走出一個巡警，才下了車。

巡警走近我說，「你自己雇車罷，他不能拉你了。」

我沒有思索的從外套袋裡抓出一大把銅元，交給巡警，說，「請你給他……」風全住了，路上還很靜。我走著，一面想，幾乎怕敢想到我自己。以前的事姑且擱起，這一大把銅元又是什麼意思？獎他麼？我還能裁判車夫麼？我不能回答自己。

這事到了現在，還是時時記起。我因此也時時熬了苦痛，努力的要想到我自己。幾年來的文治武力，在我早如幼小時候所讀過的「子曰詩云」一般，背不上半句了。獨有這一件小事，卻總是浮在我眼前，有時反更分明，教我慚愧，催我自新，並且增長我的勇氣和希望。

一九二〇年七月。

風波

臨河的土場上，太陽漸漸的收了他通黃的光線了。場邊靠河的烏　樹葉，乾巴巴的才喘過氣來，幾個花腳蚊子在下面哼著飛舞。面河的農家的煙突裡，逐漸減少了炊煙，女人孩子們都在自己門口的土場上潑些水，放下小桌子和矮凳；人知道，這已經是晚飯時候了。

老人男人坐在矮凳上，搖著大芭蕉扇閒談，孩子飛也似的跑，或者蹲在烏樹下賭玩石子。女人端出烏黑的蒸乾菜和松花黃的米飯，熱蓬蓬冒煙。河裡駛過文人的酒船，文豪見了，大發詩興，說，「無思無慮，這真是田家樂呵！」但文豪的話有些不合事實，就因為他們沒有聽到九斤老太的話。這時候，九斤老太正在大怒，拿破芭蕉扇敲著凳腳說：

「我活到七十九歲了，活夠了，不願意眼見這些敗家相，——還是死的好。立刻就要吃飯了，還吃炒豆子，吃窮了一家子！」

伊的曾孫女兒六斤捏著一把豆，正從對面跑來，見這情形，便直奔河邊，藏在烏柏樹後，伸出雙丫角的小頭，大聲說，「這老不死的！」

九斤老太雖然高壽，耳朵卻還不很聾，但也沒有聽到孩子的話，仍舊自己說，「這真是一代不如一代！」

這村莊的習慣有點特別，女人生下孩子，多喜歡用秤稱了輕重，便用斤數當作小名。九斤老太自從慶祝了五十大壽以後，便漸漸的變了不平家，常說伊年青的時候，天氣沒有現在這般熱，豆子也沒有現在這般硬；總之現在的時世是不對了。何況六斤比伊的曾祖，少了三斤，比伊父親七斤，又少了一斤，這真是一條顛撲不破的實例。所以伊又用勁說，「這真是一代不如一代！」

伊的兒媳七斤嫂子正捧著飯籃走到桌邊，便將飯籃在桌上一摔，憤憤的說，「你老人家又這麼說了。六斤生下來的時候，不是六斤五兩麼？你家的秤又是私秤，加重稱，十八兩秤；用了準十六，我們的六斤該有七斤多哩。我想便是太公和公公，也不見得正是九斤八斤十足，用的秤也許是十四兩……」

「一代不如一代！」

七斤嫂還沒有答話，忽然看見七斤從小巷口轉出，便移了方向，對他嚷道，「你這死屍怎麼這時候才回來，死到那裡去了！不管人家等著你開飯！」

七斤雖然住在農村，卻早有些飛黃騰達的意思。從他的祖父到他，三代不捏鋤頭柄了；他也照例的幫人撐著航船，每日一回，早晨從魯鎮進城，傍晚又回到魯鎮，因此很知道些時事：例如什麼地方，雷公劈死了蜈蚣精；什麼地方，閨女生了一個夜叉之類。他在村人裡面，的確已經是一名出場人物了。但夏天吃飯不點燈，卻還守著農家習慣，所以回家太遲，是該罵的。

七斤一手捏著象牙嘴白銅斗六尺多長的湘妃竹煙管，低著頭，慢慢地走來，坐在矮凳上。六斤也趁勢溜出，坐在他身邊，叫他爹爹。七斤沒有應。

「一代不如一代！」九斤老太說。

七斤慢慢地抬起頭來，嘆一口氣說，「皇帝坐了龍庭了。」

七斤嫂呆了一刻，忽而恍然大悟的道，「這可好了，這不是又要皇恩大赦了麼！」

七斤又嘆一口氣，說，「我沒有辮子。」

「皇帝要辮子麼？」

「皇帝要辮子。」

「你怎麼知道呢？」七斤嫂有些著急，趕忙的問。

「咸亨酒店裡的人，都說要的。」

七斤嫂這時從直覺上覺得事情似乎有些不妙了，因為咸亨酒店是消息靈通的所在。伊一轉眼瞥見七斤的光頭，便忍不住動怒，怪他恨他怨他；忽然又絕望起來，裝好一碗飯，搡在七斤的面前道，「還是趕快吃你的飯罷！哭喪著臉，就會長出辮子來麼？」

太陽收盡了他最末的光線了，水面暗暗地回復過涼氣來；土場上一片碗筷聲響，人人的脊梁上又都吐出汗粒。七斤嫂吃完三碗飯，偶然抬起頭，心坎裡便禁不住突突地發跳。伊透過烏桕葉，看見又矮又胖的趙七爺正從獨木橋上走來，而且穿著寶藍色竹布的長衫。

趙七爺是鄰村茂源酒店的主人，又是這三十里方圓以內的唯一的出色人物兼學問家；因為有學問，所以又有些遺老的臭味。他有十多本金聖嘆批評的《三國志》，時常坐著一個字一個字的讀；他不但能說出五虎將姓名，甚而至於還知道黃忠表字漢升和馬超表字孟起。革命以後，他便將辮子盤在頂上，像道士一般；常常嘆息說，倘若趙子龍在世，天下便不會亂到這地步了。七斤嫂眼睛好，早望見今天的趙七爺已經不是道士，卻變成光滑頭皮，烏黑髮頂；伊便知道這一定是皇帝坐了龍庭，而且一定須有辮子，而且七斤一定是非常危險。因為趙七爺的這件竹布長衫，輕易是不常穿的，三年以來，只穿過兩次：一次是和他嘔氣的麻子阿四病了的時候，一次是曾經砸爛他酒店的魯大爺死了的時候；現在是第三次了，這一定又是於他有慶，於他的仇家有殃了。

七斤嫂記得，兩年前七斤喝醉了酒，曾經罵過趙七爺是「賤胎」，所以這時便立刻直覺到七斤的危險，心坎裡突突地發起跳來。

趙七爺一路走來，坐著吃飯的人都站起身，拿筷子點著自己的飯碗說，「七爺，請在我們這裡用飯！」七爺也一路點頭，說道「請請」，卻一徑走到七斤家的桌旁。七斤們連忙招呼，七爺也微笑著說「請請」，一面細細的研究他們的飯菜。

「好香的乾菜，——聽到了風聲了麼？」趙七爺站在七斤的後面七斤嫂的對面說。

「皇帝坐了龍庭了。」七斤說。

七斤嫂看著七爺的臉，竭力陪笑道，「皇帝已經坐了龍庭，幾時皇恩大赦呢？」

「皇恩大赦？——大赦是慢慢的總要大赦罷。」七爺說到這裡，聲色忽然嚴厲起來，「但是你家七斤的辮子呢，辮子？這倒是要緊的事。你們知道：長毛時候，留髮不留頭，留頭不留髮，……」

七斤和他的女人沒有讀過書，不很懂得這古典的奧妙，但覺得有學問的七爺這麼說，事情自然非常重大，無可挽回，便彷彿受了死刑宣告似的，耳朵裡嗡的一聲，再也說不出一句話。

「一代不如一代，——」九斤老太正在不平，趁這機會，便對趙七爺說，「現在的長毛，只是剪人家的辮子，僧不僧，道不道的。從前的長毛，這樣的麼？我活到七十九歲了，活夠了。從前的長毛是——整匹的紅緞子裹頭，拖下去，拖下去，一直拖到腳跟；王爺是黃緞子，拖下去，黃緞子；紅緞子，黃緞子，——我活夠了，七十九歲了。」

七斤嫂站起身，自言自語的說，「這怎麼好呢？這樣的一班老小，都靠他養活的人，……」

趙七爺搖頭道，「那也沒法。沒有辮子，該當何罪，書上都一條一條明明白白寫著的。不管他家裡有些什麼人。」

七斤嫂聽到書上寫著，可真是完全絕望了；自己急得沒法，便忽然又恨到七斤。伊用筷子指著他的鼻尖說，「這死屍自作自受！造反的時候，我本來說，不要撐船了，不要上城了。他偏要死進城去，滾進城去，進城便被人剪去了辮子。從前是絹光烏黑的辮子，現在弄得僧不僧道不道的，這囚徒自作自受，帶累了我們又怎麼說呢？這活死屍的囚徒……」

村人看見趙七爺到村，都趕緊吃完飯，聚在七斤家飯桌的周圍。七斤自己知道是出場人物，被女人當大眾這樣辱罵，很不雅觀，便只得抬起頭，慢慢地說道：

「你今天說現成話，那時你……」

「你這活死屍的囚徒……」

看客中間，八一嫂是心腸最好的人，抱著伊的兩周歲的遺腹子，正在七斤嫂身邊看熱鬧；這時過意不去，連忙解勸說，「七斤嫂，算了罷。人不是神仙，誰知道未來事呢？便是七斤嫂，那時不也說，沒有辮子倒也沒有什麼醜麼？況且衙門裡的大老爺也還沒有告示，……」

七斤嫂沒有聽完，兩個耳朵早通紅了；便將筷子轉過向來，指著八一嫂的鼻子，說，「阿呀，這是什麼話呵！八一嫂，我自己看來倒還是一個人，會說出這樣昏誕糊塗話麼？那時我是，整整哭了三天，誰都看見；連六斤這小鬼也都哭，……」六斤剛吃完一大碗飯，拿了空碗，伸手去嚷著要添。七斤嫂正沒好氣，便用筷子在伊的雙丫角中間，直扎下去，大喝道，「誰要你來多嘴！你這偷漢的小寡婦！」

撲的一聲，六斤手裡的空碗落在地上了，恰好又碰著一塊磚角，立刻破成一個很大的缺口。七斤直跳起來，檢起破碗，合上了檢查一回，也喝道，「入娘的！」一巴掌打倒了六斤。六斤躺著哭，九斤老太拉了伊的手，連說是「一代不如一代，」一同走了。

八一嫂也發怒，大聲說，「七斤嫂，你『恨棒打人。』……」

趙七爺本來是笑著旁觀的；但自從八一嫂說了「衙門裡的大老爺沒有告示」這話以後，卻有些生氣了。這時他已經繞出桌旁，接著說，「『恨棒打人』，算什麼呢。大兵是就要到的。你可知道，這回保駕的是張大帥，張大帥就是燕人張翼德的後代，他一支丈八蛇矛，就有萬夫不當之勇，誰能抵擋他，」他兩手同時捏起空拳，仿佛握著無形的蛇矛模樣，向八一嫂搶進幾步道，「你能抵擋他麼！」

八一嫂正氣得抱著孩子發抖，忽然見趙七爺滿臉油汗，瞪著眼，準對伊衝過來，便十分害怕，不敢說完話，回身走了。趙七爺也跟著走去，眾人一面怪八一嫂多事，一面讓開路，幾個剪過辮子重新留起的便趕快躲在人叢後面，怕他看見。趙七爺也不細心察訪，通過人叢，忽然轉入烏桕樹後，說道「你能抵擋他麼！」一跨上獨木橋，揚長去了。

村人們呆呆站著，心裡計算，都覺得自己確乎抵不住張翼德，因此也決定七斤便要沒有性命。七斤既然犯了皇法，想起他往常對人談論城中的新聞的時候，就不該含著長煙管顯出那般驕傲模樣，所以對於七斤的犯法，也覺得有些暢快。他們也仿佛想發些議論，卻又覺得沒有什麼議論可發。嗡嗡的一陣亂嚷，蚊子都撞過赤膊身子，闖到烏桕樹下去做市；他們也就慢慢地走散回家，關上門去睡覺。七斤嫂咕噥著，也收了傢伙和桌子矮凳回家，關上門睡覺了。

七斤將破碗拿回家裡，坐在門檻上吸煙；但非常憂愁，忘卻了吸煙，象牙嘴六尺多長湘妃竹煙管的白銅斗裡的火光，漸漸發黑了。他心裡但覺得事情似乎十分危急，也想想些方法，想些計畫，但總是非常模糊，貫穿不得：「辮子呢辮子？丈八蛇矛。一代不如一代！皇帝坐龍庭。破的碗須得上城去釘好。誰能抵擋他？書上一條一條寫著。入娘的！……」

第二日清晨，七斤依舊從魯鎮撐航船進城，傍晚回到魯鎮，又拿著六尺多長的湘妃竹煙管和一個飯碗回村。他在晚飯席上，對九斤老太說，這碗是在城內釘合的，因為缺口大，所以要十六個銅釘，三文一個，一總用了四十八文小錢。

九斤老太很不高興的說，「一代不如一代，我是活夠了。三文錢一個釘；從前的釘，這樣的麼？從前的釘是……我活了七十九歲了，——」

此後七斤雖然是照例日日進城，但家景總有些黯淡，村人大抵回避著，不再來聽他從城內得來的新聞。七斤嫂也沒有好聲氣，還時常叫他「囚徒」。

過了十多日，七斤從城內回家，看見他的女人非常高興，問他說，「你在城裡可聽到些什麼？」

「沒有聽到些什麼。」

「皇帝坐了龍庭沒有呢？」

「他們沒有說。」

「咸亨酒店裡也沒有人說麼？」

「也沒人說。」

「我想皇帝一定是不坐龍庭了。我今天走過趙七爺的店前，看見他又坐著念書了，辮子又盤在頂上了，也沒有穿長衫。」

「我想，不坐了罷。」

「你想，不坐龍庭了罷？」

「……」

現在的七斤，是七斤嫂和村人又都早給他相當的尊敬，相當的待遇了。到夏天，他們仍舊在自家門口的土場上吃飯；大家見了，都笑嘻嘻的招呼。九斤老太早已做過八十大壽，仍然不平而且康健。六斤的雙丫角，已經變成一支大辮子了；伊雖然新近裹腳，卻還能幫同七斤嫂做事，捧著十八個銅釘的飯碗，在土場上一瘸一拐的往來。

一九二〇年十月。

故鄉

我冒了嚴寒，回到相隔二千餘里，別了二十餘年的故鄉去。

時候既然是深冬；漸近故鄉時，天氣又陰晦了，冷風吹進船艙中，嗚嗚的響，從篷隙向外一望，蒼黃的天底下，遠近橫著幾個蕭索的荒村，沒有一些活氣。我的心禁不住悲涼起來了。

阿！這不是我二十年來時時記得的故鄉？

我所記得的故鄉全不如此。我的故鄉好得多了。但要我記起他的美麗，說出他的佳處來，卻又沒有影像，沒有言辭了。仿佛也就如此。於是我自己解釋說：故鄉本也如此，——雖然沒有進步，也未必有如我所感的悲涼，這只是我自己心情的改變罷了，因為我這次回鄉，本沒有什麼好心緒。

我這次是專為了別他而來的。我們多年聚族而居的老屋，已經公同賣給別姓了，交屋的期限，只在本年，所以必須趕在正月初一以前，永別了熟識的老屋，而且遠離了熟識的故鄉，搬家到我在謀食的異地去。

第二日清早晨我到了我家的門口了。瓦楞上許多枯草的斷莖當風抖著，正在說明這老屋難免易主的原因。幾房的本家大約已經搬走了，所以很寂靜。我到了自家的房外，我的母親早已迎著出來了，接著便飛出了八歲的侄兒宏兒。

我的母親很高興，但也藏著許多淒涼的神情，教我坐下，歇息，喝茶，且不談搬家的事。宏兒沒有見過我，遠遠的對面站著只是看。

但我們終於談到搬家的事。我說外間的寓所已經租定了，又買了幾件家具，此外須將家裡所有的木器賣去，再去增添。母親也說好，而且行李也略已齊集，木器不便搬運的，也小半賣去了，只是收不起錢來。

「你休息一兩天，去拜望親戚本家一回，我們便可以走了。」母親說。

「是的。」

「還有閏土，他每到我家來時，總問起你，很想見你一回面。我已經將你到家的大約日期通知他，他也許就要來了。」

這時候，我的腦裡忽然閃出一幅神異的圖畫來：深藍的天空中掛著一輪金黃的圓月，下面是海邊的沙地，都種著一望無際的碧綠的西瓜，其間有一個十一二歲的少年，項帶銀圈，手捏一柄鋼叉，向一匹猹盡力的刺去，那猹卻將身一扭，反從他的胯下逃走了。

這少年便是閏土。我認識他時，也不過十多歲，離現在將有三十年了；那時我的父親還在世，家景也好，我正是一個少爺。那一年，我家是一件大祭祀的值年。這祭祀，說是三十多年才能輪到一回，所以很鄭重；正月裡供祖像，供品很多，祭器很講究，拜的人也很多，祭器也很要防偷去。我家只有一個忙月（我們這裡給人做工的分三種：整年給一定人家做工的叫長年；按日給人做工的叫短工；自己也種地，只在過年過節以及收租時候來給一定的人家做工的稱忙月），忙不過來，他便對父親說，可以叫他的兒子閏土來管祭器的。

我的父親允許了；我也很高興，因為我早聽到閏土這名字，而且知道他和我彷彿年紀，閏月生的，五行缺土，所以他的父親叫他閏土。他是能裝弶捉小鳥雀的。

我於是日日盼望新年，新年到，閏土也就到了。好容易到了年末，有一日，母親告訴我，閏土來了，我便飛跑的去看。他正在廚房裡，紫色的圓臉，頭戴一頂小氈帽，頸上套一個明晃晃的銀項圈，這可見他的父親十分愛他，怕他死去，所以在神佛面前許下願心，用圈子將他套住了。他見人很怕羞，只是不怕我，沒有旁人的時候，便和我說話，於是不到半日，我們便熟識了。

我們那時候不知道談些什麼，只記得閏土很高興，說是上城之後，見了許多沒有見過的東西。

第二日，我便要他捕鳥。他說：

「這不能。須大雪下了才好。我們沙地上，下了雪，我掃出一塊空地來，用短棒支起一個大竹匾，撒下秕穀，看鳥雀來吃時，我遠遠地將縛在棒上的繩子只一拉，那鳥雀就罩在竹匾下了。什麼都有：稻雞，角雞，鵓鴣，藍背……」

我於是又很盼望下雪。

閏土又對我說：

「現在太冷，你夏天到我們這裡來。我們日裡到海邊檢貝殼去，紅的綠的都有，鬼見怕也有，觀音手也有。晚上我和爹管西瓜去，你也去。」

「管賊麼？」

「不是。走路的人口渴了摘一個瓜吃，我們這裡是不算偷的。要管的是獾豬，刺猬，猹。月亮地下，你聽，啦啦的響了，猹在咬瓜了。你便捏了胡叉，輕輕地走去……」

我那時並不知道這所謂猹的是怎麼一件東西——便是現在也沒有知道——只是無端的覺得狀如小狗而很凶猛。

「他不咬人麼？」

「有胡叉呢。走到了，看見猹了，你便刺。這畜生很伶俐，倒向你奔來，反從胯下竄了。他的皮毛是油一般的滑……」

我素不知道天下有這許多新鮮事：海邊有如許五色的貝殼；西瓜有這樣危險的經歷，我先前單知道他在水果店裡出賣罷了。

「我們沙地裡，潮汛要來的時候，就有許多跳魚兒只是跳，都有青蛙似的兩個腳……」

阿！閏土的心裡有無窮無盡的希奇的事，都是我往常的朋友所不知道的。他們不知道一些事，閏土在海邊時，他們都和我一樣只看見院子裡高牆上的四角的天空。

可惜正月過去了，閏土須回家裡去，我急得大哭，他也躲到廚房裡，哭著不肯出門，但終於被他父親帶走了。他後來還託他的父親帶給我一包貝殼和幾支很好看的鳥毛，我也曾送他一兩次東西，但從此沒有再見面。

現在我的母親提起了他，我這兒時的記憶，忽而全都閃電似的蘇生過來，似乎看到了我的美麗的故鄉了。我應聲說：

「這好極！他，——怎樣？……」

「他？……他景況也很不如意……」母親說著，便向房外看，「這些人又來了。說是買木器，順手也就隨便拿走的，我得去看看。」

母親站起身，出去了。門外有幾個女人的聲音。我便招宏兒走近面前，和他閒話：問他可會寫字，可願意出門。

「我們坐火車去麼？」

「我們坐火車去。」

「船呢？」

「先坐船，……」

「哈！這模樣了！鬍子這麼長了！」一種尖利的怪聲突然大叫起來。

我吃了一嚇，趕忙抬起頭，卻見一個凸顴骨，薄嘴唇，五十歲上下的女人站在我面前，兩手搭在髀間，沒有繫裙，張著兩腳，正像一個畫圖儀器裡細腳伶仃的圓規。

我愕然了。

「不認識了麼？我還抱過你咧！」

我愈加愕然了。幸而我的母親也就進來，從旁說：

「他多年出門，統忘卻了。你該記得罷，」便向著我說，「這是斜對門的楊二嫂，……開豆腐店的。」

哦，我記得了。我孩子時候，在斜對門的豆腐店裡確乎終日坐著一個楊二嫂，人都叫伊「豆腐西施」。但是擦著白粉，顴骨沒有這麼高，嘴唇也沒有這麼薄，而且終日坐著，我也從沒有見過這圓規式的姿勢。那時人說：因為伊，這豆腐店的買賣非常好。但這大約因為年齡的關係，我卻並未蒙著一毫感化，所以竟完全忘卻了。然而圓規很不平，顯出鄙夷的神色，仿佛嗤笑法國人不知道拿破崙，美國人不知道華盛頓似的，冷笑說：

「忘了？這真是貴人眼高……」

「那有這事……我……」我惶恐著，站起來說。

「那麼，我對你說。迅哥兒，你闊了，搬動又笨重，你還要什麼這些破爛木器，讓我拿去罷。我們小戶人家，用得著。」

「我並沒有闊哩。我須賣了這些，再去……」

「阿呀呀，你放了道臺了，還說不闊？你現在有三房姨太太；出門便是八抬的大轎，還說不闊？嚇，什麼都瞞不過我。」

我知道無話可說了，便閉了口，默默的站著。

「阿呀阿呀，真是愈有錢，便愈是一毫不肯放鬆，愈是一毫不肯放鬆，便愈有錢……」圓規一面憤憤的回轉身，一面絮絮的說，慢慢向外走，順便將我母親的一副手套塞在褲腰裡，出去了。

此後又有近處的本家和親戚來訪問我。我一面應酬，偷空便收拾些行李，這樣的過了三四天。

一日是天氣很冷的午後，我吃過午飯，坐著喝茶，覺得外面有人進來了，便回頭去看。我看時，不由的非常出驚，慌忙站起身，迎著走去。

這來的便是閏土。雖然我一見便知道是閏土，但又不是我這記憶上的閏土了。他身材增加了一倍；先前的紫色的圓臉，已經變作灰黃，而且加上了很深的皺紋；眼睛也像他父親一樣，周圍都腫得通紅，這我知道，在海邊種地的人，終日吹著海風，大抵是這樣的。他頭上是一頂破氈帽，身上只一件極薄的棉衣，渾身瑟索著；手裡提著一個紙包和一支長煙管，那手也不是我所記得的紅活圓實的手，卻又粗又笨而且開裂，像是松樹皮了。

我這時很興奮，但不知道怎麼說才好，只是說：

「阿！閏土哥，——你來了？……」

我接著便有許多話，想要連珠一般湧出：角雞，跳魚兒，貝殼，猹，……但又總覺得被什麼擋著似的，單在腦裡面迴旋，吐不出口外去。

他站住了，臉上現出歡喜和淒涼的神情；動著嘴唇，卻沒有作聲。他的態度終於恭敬起來了，分明的叫道：

「老爺！……」

我似乎打了一個寒噤；我就知道，我們之間已經隔了一層可悲的厚障壁了。我也說不出話。

他回過頭去說，「水生，給老爺磕頭。」便拖出躲在背後的孩子來，這正是一個廿年前的閏土，只是黃瘦些，頸子上沒有銀圈罷了。「這是第五個孩子，沒有見過世面，躲躲閃閃……」

母親和宏兒下樓來了，他們大約也聽到了聲音。

「老太太。信是早收到了。我實在喜歡的了不得，知道老爺回來……」閏土說。

「阿，你怎的這樣客氣起來。你們先前不是哥弟稱呼麼？還是照舊：迅哥兒。」母親高興的說。

「阿呀，老太太真是……這成什麼規矩。那時是孩子，不懂事……」閏土說著，又叫水生上來打拱，那孩子卻害羞，緊緊的只貼在他背後。

「他就是水生？第五個？都是生人，怕生也難怪的；還是宏兒和他去走走。」母親說。

宏兒聽得這話，便來招水生，水生卻鬆鬆爽爽同他一路出去了。母親叫閏土坐，他遲疑了一回，終於就了坐，將長煙管靠在桌旁，遞過紙包來，說：

「冬天沒有什麼東西了。這一點乾青豆倒是自家晒在那裡的，請老爺……」

我問問他的景況。他只是搖頭。

「非常難。第六個孩子也會幫忙了，卻總是吃不夠……又不太平……什麼地方都要錢，沒有定規……收成又壞。種出東西來，挑去賣，總要捐幾回錢，折了本；不去賣，又只能爛掉……」

他只是搖頭；臉上雖然刻著許多皺紋，卻全然不動，彷彿石像一般。他大約只是覺得苦，卻又形容不出，沉默了片時，便拿起煙管來默默的吸煙了。

母親問他，知道他的家裡事務忙，明天便得回去；又沒有吃過午飯，便叫他自己到廚下炒飯吃去。

他出去了；母親和我都嘆息他的景況：多子，饑荒，苛稅，兵，匪，官，紳，都苦得他像一個木偶人了。母親對我說，凡是不必搬走的東西，盡可以送他，可以聽他自己去揀擇。

下午，他揀好了幾件東西：兩條長桌，四個椅子，一副香爐和燭臺，一杆抬秤。他又要所有的草灰（我們這裡煮飯是燒稻草的，那灰，可以做沙地的肥料），待我們啟程的時候，他用船來載去。

夜間，我們又談些閒天，都是無關緊要的話；第二天早晨，他就領了水生回去了。

又過了九日，是我們啟程的日期。閏土早晨便到了，水生沒有同來，卻只帶著一個五歲的女兒管船隻。我們終日很忙碌，再沒有談天的工夫。來客也不少，有送行的，有拿東西的，有送行兼拿東西的。待到傍晚我們上船的時候，這老屋裡的所有破舊大小粗細東西，已經一掃而空了。

我們的船向前走，兩岸的青山在黃昏中，都裝成了深黛顏色，連著退向船後梢去。

宏兒和我靠著船窗，同看外面模糊的風景，他忽然問道：

「大伯！我們什麼時候回來？」

「回來？你怎麼還沒有走就想回來了。」

「可是，水生約我到他家玩去咧……」他睜著大的黑眼睛，痴痴的想。

我和母親也都有些惘然，於是又提起閏土來。母親說，那豆腐西施的楊二嫂，自從我家收拾行李以來，本是每日必到的，前天伊在灰堆裡，掏出十多個碗碟來，議論之後，便定說是閏土埋著的，他可以在運灰的時候，一齊搬回家裡去；楊二嫂發見了這件事，自己很以為功，便拿了那狗氣殺（這是我們這裡養雞的器具，木盤上面有著柵欄，內盛食料，雞可以伸進頸子去啄，狗卻不能，只能看著氣死），飛也似的跑了，方伊裝著這麼高低的小腳，竟跑得這樣快。

老屋離我愈遠了；故鄉的山水也都漸漸遠離了我，但我卻並不感到怎樣的留戀，我只覺得我四面有看不見的高牆，將我隔成孤身，使我非常氣悶；那西瓜地上的銀項圈的小英雄的影像，我本來十分清楚，現在卻忽地模糊了，又使我非常的悲哀。

母親和宏兒都睡著了。

我躺著，聽船底潺潺的水聲，知道我在走我的路。我想：我竟與閏土隔絕到這地步了，但我們的後輩還是一氣，宏兒不是正在想念水生麼。我希望他們不再像我，又大家隔膜起來……然而我又不願意他們因為要一氣，都如我的辛苦輾轉而生活，也不願意他們都如閏土的辛苦麻木而生活，也不願意都如別人的辛苦恣睢而生活。他們應該有新的生活，為我們所未經生活過的。

我想到希望，忽然害怕起來了。閏土要香爐和燭臺的時候，我還暗地裡笑他，以為他總是崇拜偶像，什麼時候都不忘卻。現在我所謂希望，不也是我自己手製的偶像麼？只是他的願望切近，我的願望茫遠罷了。

我在朦朧中，眼前展開一片海邊碧綠的沙地來，上面深藍的天空中掛著一輪金黃的圓月。我想：希望是本無所謂有，無所謂無的。這正如地上的路；其實地上本沒有路，走的人多了，也便成了路。

一九二一年一月。

智識即罪惡

我本來是一個四平八穩，給小酒館打雜，混一口安穩飯吃的人，不幸認得幾個字，受了新文化運動的影響，想求起智識來了。

那時我在鄉下，很為豬羊不平；心裡想，雖然苦，倘也如牛馬一樣，可以有一件別的用，那就免得專以賣肉見長了。然而豬羊滿臉呆氣，終生糊塗，實在除了保持現狀之外，沒有別的法。所以，誠然，智識是要緊的！

於是我跑到北京，拜老師，求智識。地球是圓的。元質有七十多種。x+y=z。聞所未聞，雖然難，卻也以為是人所應該知道的事。

有一天，看見一種日報，卻又將我的確信打破了。報上有一位虛無哲學家說：智識是罪惡，贓物……。虛無哲學，多大的權威呵，而說道智識是罪惡。我的智識雖然少，而確實是智識，這倒反而坑了我了。我於是請教老師去。

老師道：「呸，你懶得用功，便胡說，走！」

我想：「老師貪圖束脩罷。智識倒也還不如沒有的穩當，可惜粘在我腦裡，立刻拋不去，我趕快忘了他罷。」

然而遲了。因為這一夜裡，我已經死了。

半夜，我躺在公寓的床上，忽而走進兩個東西來，一個「活無常」，一個「死有分」。但我卻並不詫異，因為他們正如城隍廟裡塑著的一般。然而跟在後面的兩個怪物，卻使我嚇得失聲，因為並非牛頭馬面，而卻是羊面豬頭！我便悟到，牛馬還太聰明，犯了罪，換上這豬公了，這可見智識是罪惡……。我沒有想完，豬頭便用嘴將我一拱，我於是立刻跌入陰府裡，用不著久等燒車馬。

到過陰間的前輩先生多說，陰府的大門是有匾額和對聯的，我留心看時，卻沒有，只見大堂上坐著一位閻羅王。希奇，他便是我的隔壁的大富豪朱朗翁。大約錢是身外之物，帶不到陰間的，所以一死便成為清白鬼了，只是不知道怎麼又做了大官。他只穿一件極儉樸的愛國布的龍袍，但那龍顏卻比活的時候胖得多了。

「你有智識麼？」朗翁臉上毫無表情的問。

「沒……」我是記得虛無哲學家的話的，所以這樣答。

「說沒有便是有——帶去！」

我剛想：陰府裡的道理真奇怪……，卻又被羊角一叉，跌出閻羅殿去了。

其時跌在一坐城池裡，其中都是青磚綠門的房屋，門頂上大抵是洋灰做的兩個所謂獅子，門外面都掛一塊招牌。倘在陽間，每一所機關外總掛五六塊牌，這裡卻只一塊，足見地皮的寬裕了。這瞬息間，我又被一位手執鋼叉的豬頭夜叉用鼻子拱進一間屋子裡去，外面有牌額是：「油豆滑跌小地獄」

進得裡面，卻是一望無邊的平地，滿鋪了白豆拌著桐油。只見無數的人在這上面跌倒又起來，起來又跌倒。我也接連的摔了十二交，頭上長出許多疙瘩來。但也有竟在門口坐著躺著，不想爬起，雖然浸得油汪汪的，卻毫無一個疙瘩的人，可惜我去問他，他們都瞠著眼不說話。我不知道他們是不聽見呢還是不懂，不願意說呢還是無話可談。

我於是跌上前去，去問那些正在亂跌的人們。其中的一個道：

「這就是罰智識的，因為智識是罪惡，贓物……。我們還算是輕的呢。你在陽間的時候，怎麼不昏一點？……」他氣喘吁吁的繼續的說。

「現在昏起來罷。」

「遲了。」

「我聽得人說，西醫有使人昏睡的藥，去請他注射去，好麼？」

「不成，我正因為知道醫藥，所以在這裡跌，連針也沒有了。」

「那麼……有專給人打嗎啡針的，聽說多是沒智識的人……我尋他們去。」

在這談話時，我們本已滑跌了幾百交了。我一失望，便更不留神，忽然將頭撞在白豆稀薄的地面上。地面很硬，跌勢又重，我於是糊里糊塗的發了昏……

阿！自由！我忽而在平野上了，後面是那城，前面望得見公寓。我仍然糊里糊塗的走，一面想：我的妻和兒子，一定已經上京了，他們正圍著我的死屍哭呢。我於是撲向我的軀殼去，便直坐起來，他們嚇跑了，後來竭力說明，他們才了然，都高興得大叫道：你還陽了，呵呀，我的老天爺哪……

我這樣糊里糊塗的想時，忽然活過來了……

沒有我的妻和兒子在身邊，只有一個燈在桌上，我覺得自己睡在公寓裡。間壁的一位學生已經從戲園回來，正哼著「先帝爺唉唉唉」哩，可見時候是不早了。

這還陽還得太冷靜，簡直不像還陽，我想，莫非先前也並沒有死麼？

倘若並沒死，那麼，朱朗翁也就並沒有做閻羅王。

解決這問題，用智識究竟還怕是罪惡，我們還是用感情來決一決罷。

十月二十三日。

阿Q正傳

第一章　序

我要給阿Q做正傳，已經不止一兩年了。但一面要做，一面又往回想，這足見我不是一個「立言」的人，因為從來不朽之筆，須傳不朽之人，於是人以文傳，文以人傳——究竟誰靠誰傳，漸漸的不甚了然起來，而終於歸結到傳阿Q，仿佛思想裡有鬼似的。

然而要做這一篇速朽的文章，才下筆，便感到萬分的困難了。第一是文章的名目。孔子曰，「名不正則言不順」。這原是應該極注意的。傳的名目很繁多：列傳，自傳，內傳，外傳，別傳，家傳，小傳……，而可惜都不合。「列傳」麼，這一篇並非和許多闊人排在「正史」裡；「自傳」麼，我又並非就是阿Q。說是「外傳」，「內傳」在那裡呢？倘用「內傳」，阿Q又決不是神仙。「別傳」呢，阿Q實在未曾有大總統上諭宣付國史館立「本傳」——雖說英國正史上並無「博徒列傳」，而文豪迭更司也做過《博徒別傳》這一部書，但文豪則可，在我輩卻不可的。其次是「家傳」，則我既不知與阿Q是否同宗，也未曾受他子孫的拜託；或「小傳」，則阿Q又更無別的「大傳」了。總而言之，這一篇也便是「本傳」，但從我的文章著想，因為文體卑下，是「引車賣漿者流」所用的話，所以不敢僭稱，便從不入三教九流的小說家所謂「閒話休題言歸正傳」這一句套話裡，取出「正傳」兩個字來，作為名目，即使與古人所撰《書法正傳》的「正傳」字面上很相混，也顧不得了。

第二，立傳的通例，開首大抵該是「某，字某，某地人也」，而我並不知道阿Q姓什麼。有一回，他似乎是姓趙，但第二日便模糊了。那是趙太爺的兒子進了秀才的時候，鑼聲鏜鏜的報到村裡來，阿Q正喝了兩碗黃酒，便手舞足蹈的說，這於他也很光采，因為他和趙太爺原來是本家，細細的排起來他還比秀才長三輩呢。其時幾個旁聽人倒也肅然的有些起敬了。那知道第二天，地保便叫阿Q到趙太爺家裡去；太爺一見，滿臉濺朱，喝道：

「阿Q，你這渾小子！你說我是你的本家麼？」

阿Q不開口。

趙太爺愈看愈生氣了，搶進幾步說：「你敢胡說！我怎麼會有你這樣的本家？你姓趙麼？」

阿Q不開口，想往後退了；趙太爺跳過去，給了他一個嘴巴。

「你怎麼會姓趙！——你那裡配姓趙！」

阿Q並沒有抗辯他確鑿姓趙，只用手摸著左頰，和地保退出去了；外面又被地保訓斥了一番，謝了地保二百文酒錢。知道的人都說阿Q太荒唐，自己去招打；他大約未必姓趙，即使真姓趙，有趙太爺在這裡，也不該如此胡說的。此後便再沒有人提起他的氏族來，所以我終於不知道阿Q究竟什麼姓。

第三，我又不知道阿Q的名字是怎麼寫的。他活著的時候，人都叫他阿Quei，死了以後，便沒有一個人再叫阿Quei了，那裡還會有「著之竹帛」的事。若論「著之竹帛」，這篇文章要算第一次，所以先遇著了這第一個難關。我曾經仔細想：阿Quei，阿桂還是阿貴呢？倘使他號叫月亭，或者在八月間做過生日，那一定是阿桂了；而他既沒有號——也許有號，只是沒有人知道他——又未嘗散過生日徵文的帖子：寫作阿桂，是武斷的。又倘若他有一位老兄或令弟叫阿富，那一定是阿貴了；而他又只是一個人：寫作阿貴，也沒有佐證的。其餘音Quei的偏僻字樣，更加湊不上了。先前，我也曾問過趙太爺的兒子茂才先生，誰料博雅如此公，竟也茫然，但據結論說，是因為陳獨秀辦了《新青年》提倡洋字，所以國粹淪亡，無可查考了。我的最後的手段，只有託一個同鄉去查阿Q犯事的案卷，八個月之後才有回信，說案卷裡並無與阿Quei的聲音相近的人。我雖不知道是真沒有，還是沒有查，然而也再沒有別的方法了。生怕注音字母還未通行，只好用了「洋字」，照英國流行的拼法寫他為阿Quei，略作阿Q。這近於盲從《新青年》，自己也很抱歉，但茂才公尚且不知，我還有什麼好辦法呢。

第四，是阿Q的籍貫了。倘他姓趙，則據現在好稱郡望的老例，可以照《郡名百家姓》上的注解，說是「隴西天水人也」，但可惜這姓是不甚可靠的，因此籍貫也就有些決不定。他雖然多住未莊，然而也常常宿在別處，不能說是未莊人，即使說是「未莊人也」，也仍然有乖史法的。

我所聊以自慰的，是還有一個「阿」字非常正確，絕無附會假借的缺點，頗可以就正於通人。至於其餘，卻都非淺學所能穿鑿，只希望有「歷史癖與考據癖」的胡適之先生的門人們，將來或者能夠尋出許多新端緒來，但是我這《阿Q正傳》到那時卻又怕早經消滅了。

以上可以算是序。

第二章　優勝記略

阿Q不獨是姓名籍貫有些渺茫，連他先前的「行狀」也渺茫。因為未莊的人們之於阿Q，只要他幫忙，只拿他玩笑，從來沒有留心他的「行狀」的。而阿Q自己也不說，獨有和別人口角的時候，間或瞪著眼睛道：

「我們先前——比你闊的多啦！你算是什麼東西！」

阿Q沒有家，住在未莊的土穀祠裡；也沒有固定的職業，只給人家做短工，割麥便割麥，舂米便舂米，撐船便撐船。工作略長久時，他也或住在臨時主人的家裡，但一完就走了。所以，人們忙碌的時候，也還記起阿Q來，然而記起的是做工，並不是「行狀」；一閒空，連阿Q都早忘卻，更不必說「行狀」了。只是有一回，有一個老頭子頌揚說：「阿Q真能做！」這時阿Q赤著膊，懶洋洋的瘦伶仃的正在他面前，別人也摸不著這話是真心還是譏笑，然而阿Q很喜歡。

阿Q又很自尊，所有未莊的居民，全不在他眼睛裡，甚而至於對於兩位「文童」也有以為不值一笑的神情。夫文童者，將來恐怕要變秀才者也；趙太爺錢太爺大受居民的尊敬，除有錢之外，就因為都是文童的爹爹，而阿Q在精神上獨不表格外的崇奉，他想：我的兒子會闊得多啦！加以進了幾回城，阿Q自然更自負，然而他又很鄙薄城裡人，譬如用三尺長三寸寬的木板做成的凳子，未莊叫「長凳」，他也叫「長凳」，城裡人卻叫「條凳」，他想：這是錯的，可笑！油煎大頭魚，未莊都加上半寸長的蔥葉，城裡卻加上切細的蔥絲，他想：這也是錯的，可笑！然而未莊人真是不見世面的可笑的鄉下人呵，他們沒有見過城裡的煎魚！

阿Q「先前闊」，見識高，而且「真能做」，本來幾乎是一個「完人」了，但可惜他體質上還有一些缺點。最惱人的是在他頭皮上，頗有幾處不知起於何時的癩瘡疤。這雖然也在他身上，而看阿Q的意思，倒也似乎以為不足貴的，因為他諱說「癩」以及一切近於「賴」的音，後來推而廣之，「光」也諱，「亮」也諱，再後來，連「燈」「燭」都諱了。一犯諱，不問有心與無心，阿Q便全疤通紅的發起怒來，估量了對手，口訥的他便罵，氣力小的他便打；然而不知怎麼一回事，總還是阿Q吃虧的時候多。於是他漸漸的變換了方針，大抵改為怒目而視了。

誰知道阿Q採用怒目主義之後，未莊的閒人們便愈喜歡玩笑他。一見面，他們便假作吃驚的說：

「噲，亮起來了。」

阿Q照例的發了怒，他怒目而視了。

「原來有保險燈在這裡！」他們並不怕。

阿Q沒有法，只得另外想出報復的話來：

「你還不配……」這時候，又仿佛在他頭上的是一種高尚的光榮的癩頭瘡，並非平常的癩頭瘡了；但上文說過，阿Q是有見識的，他立刻知道和「犯忌」有點抵觸，便不再往底下說。

閒人還不完，只撩他，於是終而至於打。阿Q在形式上打敗了，被人揪住黃辮子，在壁上碰了四五個響頭，閒人這才心滿意足的得勝的走了，阿Q站了一刻，心裡想，「我總算被兒子打了，現在的世界真不像樣……」於是也心滿意足的得勝的走了。

阿Q想在心裡的，後來每每說出口來，所以凡有和阿Q玩笑的人們，幾乎全知道他有這一種精神上的勝利法，此後每逢揪住他黃辮子的時候，人就先一著對他說：

「阿Q，這不是兒子打老子，是人打畜生。自己說：人打畜生！」

阿Q兩隻手都捏住了自己的辮根，歪著頭，說道：

「打蟲豸，好不好？我是蟲豸——還不放麼？」

但雖然是蟲豸，閒人也並不放，仍舊在就近什麼地方給他碰了五六個響頭，這才心滿意足的得勝的走了，他以為阿Q這回可遭了瘟。然而不到十秒鐘，阿Q也心滿意足的得勝的走了，他覺得他是第一個能夠自輕自賤的人，除了「自輕自賤」不算外，餘下的就是「第一個」。狀元不也是「第一個」麼？「你算是什麼東西」呢！？

阿Q以如是等等妙法克服怨敵之後，便愉快的跑到酒店裡喝幾碗酒，又和別人調笑一通，口角一通，又得了勝，愉快的回到土穀祠，放倒頭睡著了。假使有錢，他便去押牌寶，一堆人蹲在地面上，阿Q即汗流滿面的夾在這中間，聲音他最響：

「青龍四百！」

「咳……開……啦！」樁家揭開盒子蓋，也是汗流滿面的唱。「天門啦……角回啦……！人和穿堂空在那裡啦……！阿Q的銅錢拿過來……！」

「穿堂一百——一百五十！」

阿Q的錢便在這樣的歌吟之下，漸漸的輸入別個汗流滿面的人物的腰間。他終於只好擠出堆外，站在後面看，替別人著急，一直到散場，然後戀戀的回到土穀祠，第二天，腫著眼睛去工作。

但真所謂「塞翁失馬安知非福」罷，阿Q不幸而贏了一回，他倒幾乎失敗了。

這是未莊賽神的晚上。這晚上照例有一臺戲，戲臺左近，也照例有許多的賭攤。做戲的鑼鼓，在阿Q耳朵裡仿佛在十里之外，他只聽得樁家的歌唱了。他贏而又贏，銅錢變成角洋，角洋變成大洋，大洋又成了疊。他興高采烈得非常：

「天門兩塊！」

他不知道誰和誰為什麼打起架來了。罵聲打聲腳步聲，昏頭昏腦的一大陣，他才爬起來，賭攤不見了，人們也不見了，身上有幾處很似乎有些痛，似乎也挨了幾拳幾腳似的，幾個人詫異的對他看。他如有所失的走進土穀祠，定一定神，知道他的一堆洋錢不見了。趕賽會的賭攤多不是本村人，還到那裡去尋根柢呢？

很白很亮的一堆洋錢！而且是他的——現在不見了！說是算被兒子拿去了罷，總還是忽忽不樂；說自己是蟲豸罷，也還是忽忽不樂：他這回才有些感到失敗的苦痛了。

但他立刻轉敗為勝了。他擎起右手，用力的在自己臉上連打了兩個嘴巴，熱剌剌的有些痛；打完之後，便心平氣和起來，似乎打的是自己，被打的是別一個自己，不久也就仿佛是自己打了別個一般，——雖然還有些熱剌剌，——心滿意足的得勝的躺下了。

他睡著了。

第三章　續優勝記略

然而阿Q雖然常優勝，卻直待蒙趙太爺打他嘴巴之後，這才出了名。

他付過地保二百文酒錢，憤憤的躺下了，後來想：「現在的世界太不成話，兒子打老子……」於是忽而想到趙太爺的威風，而現在是他的兒子了，便自己也漸漸的得意起來，爬起身，唱著〈小孤孀上墳〉到酒店去。這時候，他又覺得趙太爺高人一等了。

說也奇怪，從此之後，果然大家也仿佛格外尊敬他。這在阿Q，或者以為因為他是趙太爺的父親，而其實也不然。未莊通例，倘若阿七打阿八，或者李四打張三，向來本不算一件事，必須與一位名人如趙太爺者相關，這才載上他們的口碑。一上口碑，則打的既有名，被打的也就託庇有了名。至於錯在阿Q，那自然是不必說。所以者何？就因為趙太爺是不會錯的。但他既然錯，為什麼大家又仿佛格外尊敬他呢？這可難解，穿鑿起來說，或者因為阿Q說是趙太爺的本家，雖然挨了打，大家也還怕有些真，總不如尊敬一些穩當。否則，也如孔廟裡的太牢一般，雖然與豬羊一樣，同是畜生，但既經聖人下箸，先儒們便不敢妄動了。

阿Q此後倒得意了許多年。

有一年的春天，他醉醺醺的在街上走，在牆根的日光下，看見王胡在那裡赤著膊捉蝨子，他忽然覺得身上也癢起來了。這王胡，又癩又胡，別人都叫他王癩胡，阿Q卻刪去了一個癩字，然而非常渺視他。阿Q的意思，以為癩是不足為奇的，只有這一部絡腮鬍子，實在太新奇，令人看不上眼。他於是並排坐下去了。倘是別的閒人們，阿Q本不敢大意坐下去。但這王胡旁邊，他有什麼怕呢？老實說：他肯坐下去，簡直還是抬舉他。

阿Q也脫下破夾襖來，翻檢了一回，不知道因為新洗呢還是因為粗心，許多工夫，只捉到三四個。他看那王胡，卻是一個又一個，兩個又三個，只放在嘴裡畢畢剝剝的響。

他癩瘡疤塊塊通紅了，將衣服摔在地上，吐一口唾沫，說：

「這毛蟲！」

「癩皮狗，你罵誰？」王胡輕蔑的抬起眼來說。

阿Q近來雖然比較的受人尊敬，自己也更高傲些，但和那些打慣的閒人們見面還膽怯，獨有這回卻非常武勇了。這樣滿臉鬍子的東西，也敢出言無狀麼？

「誰認便罵誰！」他站起來，兩手叉在腰間說。

「你的骨頭癢了麼？」王胡也站起來，披上衣服說。

阿Q以為他要逃了，搶進去就是一拳。這拳頭還未達到身上，已經被他抓住了，只一拉，阿Q蹌蹌踉踉的跌進去，立刻又被王胡扭住了辮子，要拉到牆上照例去碰頭。

「君子動口不動手！」阿Q歪著頭說。

王胡似乎不是君子，並不理會，一連給他碰了五下，又用力的一推，至於阿Q跌出六尺多遠，這才滿足的去了。

在阿Q的記憶上，這大約要算是生平第一件的屈辱，因為王胡以絡腮鬍子的缺點，向來只被他奚落，從沒有奚落他，更不必說動手了。而他現在竟動手，很意外，難道真如市上所說，皇帝已經停了考，不要秀才和舉人了，因此趙家減了威風，因此他們也便小覷了他麼？

阿Q無可適從的站著。

遠遠的走來了一個人，他的對頭又到了。這也是阿Q最厭惡的一個人，就是錢太爺的大兒子。他先前跑上城裡去進洋學堂，不知怎麼又跑到東洋去了，半年之後他回到家裡來，腿也直了，辮子也不見了，他的母親大哭了十幾場，他的老婆跳了三回井。後來，他的母親到處說，「這辮子是被壞人灌醉了酒剪去的。本來可以做大官，現在只好等留長再說了。」然而阿Q不肯信，偏稱他「假洋鬼子」，也叫作「裡通外國的人」，一見他，一定在肚子裡暗暗的咒。

阿Q尤其「深惡而痛絕之」的，是他的一條假辮子。辮子而至於假，就是沒有了做人的資格；他的老婆不跳第四回井，也不是好女人。

這「假洋鬼子」近來了。

「禿兒。驢……」阿Q歷來本只在肚子裡罵，沒有出過聲，這回因為正氣忿，因為要報仇，便不由的輕輕的說出來了。

不料這禿兒卻拿著一支黃漆的棍子——就是阿Q所謂哭喪棒——大踏步走了過來。阿Q在這　那，便知道大約要打了，趕緊抽緊筋骨，聳了肩膀等候著，果然，拍的一聲，似乎確鑿打在自己頭上了。

「我說他！」阿Q指著近旁的一個孩子，分辯說。

拍！拍拍！

在阿Q的記憶上，這大約要算是生平第二件的屈辱。幸而拍拍的響了之後，於他倒似乎完結了一件事，反而覺得輕鬆些，而且「忘卻」這一件祖傳的寶貝也發生了效力，他慢慢的走，將到酒店門口，早已有些高興了。

但對面走來了靜修庵裡的小尼姑。阿Q便在平時，看見伊也一定要唾　，而況在屈辱之後呢？他於是發生了回憶，又發生了敵愾了。

「我不知道我今天為什麼這樣晦氣，原來就因為見了你！」他想。

他迎上去，大聲的吐一口唾沫：

「咳，呸！」

小尼姑全不睬，低了頭只是走。阿Q走近伊身旁，突然伸出手去摩著伊新剃的頭皮，呆笑著，說：

「禿兒！快回去，和尚等著你……」

「你怎麼動手動腳……」尼姑滿臉通紅的說，一面趕快走。

酒店裡的人大笑了。阿Q看見自己的勳業得了賞識，便愈加興高采烈起來：

「和尚動得，我動不得？」他扭住伊的面頰。

酒店裡的人大笑了。阿Q更得意，而且為滿足那些賞鑒家起見，再用力的一擰，才放手。

他這一戰，早忘卻了王胡，也忘卻了假洋鬼子，似乎對於今天的一切「晦氣」都報了仇；而且奇怪，又仿佛全身比拍拍的響了之後更輕鬆，飄飄然的似乎要飛去了。

「這斷子絕孫的阿Q！」遠遠地聽得小尼姑的帶哭的聲音。

「哈哈哈！」阿Q十分得意的笑。

「哈哈哈！」酒店裡的人也九分得意的笑。

第四章　戀愛的悲劇

有人說：有些勝利者，願意敵手如虎，如鷹，他才感到勝利的歡喜；假使如羊，如小雞，他便反覺得勝利的無聊。又有些勝利者，當克服一切之後，看見死的死了，降的降了，「臣誠惶誠恐死罪死罪」，他於是沒有了敵人，沒有了對手，沒有了朋友，只有自己在上，一個，孤另另，凄涼，寂寞，便反而感到了勝利的悲哀。然而我們的阿Q卻沒有這樣乏，他是永遠得意的：這或者也是中國精神文明冠於全球的一個證據了。看哪，他飄飄然的似乎要飛去了！

然而這一次的勝利，卻又使他有些異樣。他飄飄然的飛了大半天，飄進土穀祠，照例應該躺下便打鼾。誰知道這一晚，他很不容易合眼，他覺得自己的大拇指和第二指有點古怪：仿佛比平常滑膩些。不知道是小尼姑的臉上有一點滑膩的東西粘在他指上，還是他的指頭在小尼姑臉上磨得滑膩了？……

「斷子絕孫的阿Q！」

阿Q的耳朵裡又聽到這句話。他想：不錯，應該有一個女人，斷子絕孫便沒有人供一碗飯，……應該有一個女人。夫「不孝有三無後為大」，而「若敖之鬼餒而」，也是一件人生的大哀，所以他那思想，其實是樣樣合於聖經賢傳的，只可惜後來有些「不能收其放心」了。

「女人，女人！……」他想。

「……和尚動得……女人，女人！……女人！」他又想。

我們不能知道這晚上阿Q在什麼時候才打鼾。但大約他從此總覺得指頭有些滑膩，所以他從此總有些飄飄然；「女……」他想。

即此一端，我們便可以知道女人是害人的東西。

中國的男人，本來大半都可以做聖賢，可惜全被女人毀掉了。商是妲己鬧亡的；周是褒姒弄壞的；秦……雖然史無明文，我們也假定他因為女人，大約未必十分錯；而董卓可是的確給貂蟬害死了。

阿Q本來也是正人，我們雖然不知道他曾蒙什麼明師指授過，但他對於「男女之大防」卻歷來非常嚴；也很有排斥異端——如小尼姑及假洋鬼子之類——的正氣。他的學說是：凡尼姑，一定與和尚私通；一個女人在外面走，一定想引誘野男人；一男一女在那裡講話，一定要有勾當了。為懲治他們起見，所以他往往怒目而視，或者大聲說幾句「誅心」話，或者在冷僻處，便從後面擲一塊小石頭。

誰知道他將到「而立」之年，竟被小尼姑害得飄飄然了。這飄飄然的精神，在禮教上是不應該有的，——所以女人真可惡，假使小尼姑的臉上不滑膩，阿Q便不至於被蠱，又假使小尼姑的臉上蓋一層布，阿Q便也不至於被蠱，——他五六年前，曾在戲臺下的人叢中擰過一個女人的大腿，但因為隔一層褲，所以此後並不飄飄然，——而小尼姑並不然，這也足見異端之可惡。

「女……」阿Q想。

他對於以為「一定想引誘野男人」的女人，時常留心看，然而伊並不對他笑。他對於和他講話的女人，也時常留心聽，然而伊又並不提起關於什麼勾當的話來。哦，這也是女人可惡之一節：伊們全都要裝「假正經」的。

這一天，阿Q在趙太爺家裡舂了一天米，吃過晚飯，便坐在廚房裡吸旱煙。倘在別家，吃過晚飯本可以回去的了，但趙府上晚飯早，雖說定例不准掌燈，一吃完便睡覺，然而偶然也有一些例外：其一，是趙大爺未進秀才的時候，准其點燈讀文章；其二，便是阿Q來做短工的時候，准其點燈舂米。因為這一條例外，所以阿Q在動手舂米之前，還坐在廚房裡吸旱煙。

吳媽，是趙太爺家裡唯一的女僕，洗完了碗碟，也就在長凳上坐下了，而且和阿Q談閒天：

「太太兩天沒有吃飯哩，因為老爺要買一個小的……」

「女人……吳媽……這小孤孀……」阿Q想。

「我們的少奶奶是八月裡要生孩子了……」

「女人……」阿Q想。

阿Q放下煙管，站了起來。

「我們的少奶奶……」吳媽還嘮叨說。

「我和你困覺，我和你困覺！」阿Q忽然搶上去，對伊跪下了。

一剎時中很寂然。

「阿呀！」吳媽楞了一息，突然發抖，大叫著往外跑，且跑且嚷，似乎後來帶哭了。

阿Q對了牆壁跪著也發楞，於是兩手扶著空板凳，慢慢的站起來，彷佛覺得有些糟。他這時確也有些忐忑了，慌張的將煙管插在褲帶上，就想去舂米。蓬的一聲，頭上著了很粗的一下。他急忙回轉身去，那秀才便拿了一支大竹杠站在他面前。

「你反了，……你這……」

大竹杠又向他劈下來了。阿Q兩手去抱頭，拍的正打在指節上，這可很有一些痛。他衝出廚房門，仿佛背上又著了一下似的。

「忘八蛋！」秀才在後面用了官話這樣罵。

阿Q奔入舂米場，一個人站著，還覺得指頭痛，還記得「忘八蛋」，因為這話是未莊的鄉下人從來不用，專是見過官府的闊人用的，所以格外怕，而印象也格外深。但這時，他那「女……」的思想卻也沒有了。而且打罵之後，似乎一件事也已經收束，倒反覺得一無掛礙似的，便動手去舂米。舂了一會，他熱起來了，又歇了手脫衣服。

脫下衣服的時候，他聽得外面很熱鬧，阿Q生平本來最愛看熱鬧，便即尋聲走出去了。尋聲漸漸的尋到趙太爺的內院裡，雖然在昏黃中，卻辨得出許多人，趙府一家連兩日不吃飯的太太也在內，還有間壁的鄒七嫂，真正本家的趙白眼，趙司晨。

少奶奶正拖著吳媽走出下房來，一面說：

「你到外面來，……不要躲在自己房裡想……」

「誰不知道你正經，……短見是萬萬尋不得的。」鄒七嫂也從旁說。

吳媽只是哭，夾些話，卻不甚聽得分明。

阿Q想：「哼，有趣，這小孤孀不知道鬧著什麼玩意兒了？」他想打聽，走近趙司晨的身邊。這時他猛然間看見趙大爺向他奔來，而且手裡捏著一支大竹杠。他看見這一支大竹杠，便猛然間悟到自己曾經被打，和這一場熱鬧似乎有點相關。他翻身便走，想逃回舂米場，不圖這支竹杠阻了他的去路，於是他又翻身便走，自然而然的走出後門，不多工夫，已在土穀祠內了。

阿Q坐了一會，皮膚有些起粟，他覺得冷了，因為雖在春季，而夜間頗有餘寒，尚不宜於赤膊。他也記得布衫留在趙家，但倘若去取，又深怕秀才的竹杠。然而地保進來了。

「阿Q，你的媽媽的！你連趙家的用人都調戲起來，簡直是造反。害得我晚上沒有覺睡，你的媽媽的！……」

如是云云的教訓了一通，阿Q自然沒有話。臨末，因為在晚上，應該送地保加倍酒錢四百文，阿Q正沒有現錢，便用一頂　帽做抵押，並且訂定了五條件：

一　明天用紅燭——要一斤重的——一對，香一封，到趙府上去賠罪。

二趙府上請道士祓除縊鬼，費用由阿Q負擔。

三阿Q從此不准踏進趙府的門檻。

四吳媽此後倘有不測，惟阿Q是問。

五阿Q不准再去索取工錢和布衫。

阿Q自然都答應了，可惜沒有錢。幸而已經春天，棉被可以無用，便質了二千大錢，履行條約。赤膊磕頭之後，居然還剩幾文，他也不再贖　帽，統統喝了酒了。但趙家也並不燒香點燭，因為太太拜佛的時候可以用，留著了。那破布衫是大半做了少奶奶八月間生下來的孩子的襯尿布，那小半破爛的便都做了吳媽的鞋底。

第五章　生計問題

阿Q禮畢之後，仍舊回到土穀祠，太陽下去了，漸漸覺得世上有些古怪。他仔細一想，終於省悟過來：其原因蓋在自己的赤膊。他記得破夾襖還在，便披在身上，躺倒了，待張開眼睛，原來太陽又已經照在西牆上頭了。他坐起身，一面說道，「媽媽的……」

他起來之後，也仍舊在街上逛，雖然不比赤膊之有切膚之痛，卻又漸漸的覺得世上有些古怪了。仿佛從這一天起，未莊的女人們忽然都怕了羞，伊們一見阿Q走來，便個個躲進門裡去。甚而至於將近五十歲的鄒七嫂，也跟著別人亂鑽，而且將十一歲的女兒都叫進去了。阿Q很以為奇，而且想：「這些東西忽然都學起小姐模樣來了。這娼婦們……」

但他更覺得世上有些古怪，卻是許多日以後的事。其一，酒店不肯賒欠了；其二，管土穀祠的老頭子說些廢話，似乎叫他走；其三，他雖然記不清多少日，但確乎有許多日，沒有一個人來叫他做短工。酒店不賒，熬著也罷了；老頭子催他走，嚕蘇一通也就算了；只是沒有人來叫他做短工，卻使阿Q肚子餓：這委實是一件非常「媽媽的」的事情。

阿Q忍不下去了，他只好到老主顧的家裡去探問，——但獨不許踏進趙府的門檻，——然而情形也異樣：一定走出一個男人來，現了十分煩厭的相貌，像回復乞丐一般的搖手道：

「沒有沒有！你出去！」

阿Q愈覺得稀奇了。他想，這些人家向來少不了要幫忙，不至於現在忽然都無事，這總該有些蹊蹺在裡面了。他留心打聽，才知道他們有事都去叫小Don。這小D，是一個窮小子，又瘦又乏，在阿Q的眼睛裡，位置是在王胡之下的，誰料這小子竟謀了他的飯碗去。所以阿Q這一氣，更與平常不同，當氣憤憤的走著的時候，忽然將手一揚，唱道：

「我手執鋼鞭將你打！……」

幾天之後，他竟在錢府的照壁前遇見了小D。「仇人相見分外眼明」，阿Q便迎上去，小D也站住了。

「畜生！」阿Q怒目而視的說，嘴角上飛出唾沫來。

「我是蟲豸，好麼？……」小D說。

這謙遜反使阿Q更加憤怒起來，但他手裡沒有鋼鞭，於是只得撲上去，伸手去拔小D的辮子。小D一手護住了自己的辮根，一手也來拔阿Q的辮子，阿Q便也將空著的一隻手護住了自己的辮根。從先前的阿Q看來，小D本來是不足齒數的，但他近來挨了餓，又瘦又乏已經不下於小D，所以便成了勢均力敵的現象，四隻手拔著兩顆頭，都彎了腰，在錢家粉牆上映出一個藍色的虹形，至於半點鐘之久了。

「好了，好了！」看的人們說，大約是解勸的。

「好，好！」看的人們說，不知道是解勸，是頌揚，還是煽動。

然而他們都不聽。阿Q進三步，小D便退三步，都站著；小D進三步，阿Q便退三步，又都站著。大約半點鐘，——未莊少有自鳴鐘，所以很難說，或者二十分，——他們的頭髮裡便都冒煙，額上便都流汗，阿Q的手放鬆了，在同一瞬間，小D的手也正放鬆了，同時直起，同時退開，都擠出人叢去。

「記著罷，媽媽的……」阿Q回過頭去說。

「媽媽的，記著罷……」小D也回過頭來說。

這一場「龍虎鬥」似乎並無勝敗，也不知道看的人可滿足，都沒有發什麼議論，而阿Q卻仍然沒有人來叫他做短工。

有一日很溫和，微風拂拂的頗有些夏意了，阿Q卻覺得寒冷起來，但這還可擔當，第一倒是肚子餓。棉被，氈帽，布衫，早已沒有了，其次就賣了棉襖；現在有褲子，卻萬不可脫的；有破夾襖，又除了送人做鞋底之外，決定賣不出錢。他早想在路上拾得一注錢，但至今還沒有見；他想在自己的破屋裡忽然尋到一注錢，慌張的四顧，但屋內是空虛而且了然。於是他決計出門求食去了。

他在路上走著要「求食」，看見熟識的酒店，看見熟識的饅頭，但他都走過了，不但沒有暫停，而且並不想要。他所求的不是這類東西了；他求的是什麼東西，他自己不知道。

未莊本不是大村鎮，不多時便走盡了。村外多是水田，滿眼是新秧的嫩綠，夾著幾個圓形的活動的黑點，便是耕田的農夫。阿Q並不賞鑒這田家樂，卻只是走，因為他直覺的知道這與他的「求食」之道是很遼遠的。但他終於走到靜修庵的牆外了。

庵周圍也是水田，粉牆突出在新綠裡，後面的低土牆裡是菜園。阿Q遲疑了一會，四面一看，並沒有人。他便爬上這矮牆去，扯著何首烏藤，但泥土仍然簌簌的掉，阿Q的腳也索索的抖；終於攀著桑樹枝，跳到裡面了。裡面真是鬱鬱蔥蔥，但似乎並沒有黃酒饅頭，以及此外可吃的之類。靠西牆是竹叢，下面許多筍，只可惜都是並未煮熟的，還有油菜早經結子，芥菜已將開花，小白菜也很老了。

阿Q彷彿文童落第似的覺得很冤屈，他慢慢走近園門去，忽而非常驚喜了，這分明是一畦老蘿蔔。他於是蹲下便拔，而門口突然伸出一個很圓的頭來，又即縮回去了，這分明是小尼姑。小尼姑之流是阿Q本來視若草芥的，但世事須「退一步想」，所以他便趕緊拔起四個蘿蔔，擰下青葉，兜在大襟裡。然而老尼姑已經出來了。

「阿彌陀佛，阿Q，你怎麼跳進園裡來偷蘿蔔！……阿呀，罪過呵，阿唷，阿彌陀佛！……」

「我什麼時候跳進你的園裡來偷蘿蔔？」阿Q且看且走的說。

「現在……這不是？」老尼姑指著他的衣兜。

「這是你的？你能叫得他答應你麼？你……」

阿Q沒有說完話，拔步便跑；追來的是一匹很肥大的黑狗。這本來在前門的，不知怎的到後園來了。黑狗哼而且追，已經要咬著阿Q的腿，幸而從衣兜裡落下一個蘿蔔來，那狗給一嚇，略略一停，阿Q已經爬上桑樹，跨到土牆，連人和蘿蔔都滾出牆外面了。只剩著黑狗還在對著桑樹嗥，老尼姑念著佛。

阿Q怕尼姑又放出黑狗來，拾起蘿蔔便走，沿路又檢了幾塊小石頭，但黑狗卻並不再出現。阿Q於是拋了石塊，一面走一面吃，而且想道，這裡也沒有什麼東西尋，不如進城去……

待三個蘿蔔吃完時，他已經打定了進城的主意了。

第六章　從中興到末路

在未莊再看見阿Q出現的時候，是剛過了這年的中秋。人們都驚異，說是阿Q回來了，於是又回上去想道，他先前那裡去了呢？阿Q前幾回的上城，大抵早就興高采烈的對人說，但這一次卻並不，所以也沒有一個人留心到。他或者也曾告訴過管土穀祠的老頭子，然而未莊老例，只有趙太爺錢太爺和秀才大爺上城才算一件事。假洋鬼子尚且不足數，何況是阿Q：因此老頭子也就不替他宣傳，而未莊的社會上也就無從知道了。

但阿Q這回的回來，卻與先前大不同，確乎很值得驚異。天色將黑，他睡眼蒙矓的在酒店門前出現了，他走近櫃檯，從腰間伸出手來，滿把是銀的和銅的，在櫃上一扔說，「現錢！打酒來！」穿的是新夾襖，看去腰間還掛著一個大搭連，沉鈿鈿的將褲帶墜成了很彎很彎的弧線。未莊老例，看見略有些醒目的人物，是與其慢也寧敬的，現在雖然明知道是阿Q，但因為和破夾襖的阿Q有些兩樣了，古人云，「士別三日便當刮目相待」，所以堂倌，掌櫃，酒客，路人，便自然顯出一種疑而且敬的形態來。掌櫃既先之以點頭，又繼之以談話：

「嚄，阿Q，你回來了！」

「回來了。」

「發財發財，你是——在……」

「上城去了！」

這一件新聞，第二天便傳遍了全未莊。人人都願意知道現錢和新夾襖的阿Q的中興史，所以在酒店裡，茶館裡，廟簷下，便漸漸的探聽出來了。這結果，是阿Q得了新敬畏。

據阿Q說，他是在舉人老爺家裡幫忙。這一節，聽的人都肅然了。這老爺本姓白，但因為合城裡只有他一個舉人，所以不必再冠姓，說起舉人來就是他。這也不獨在未莊是如此，便是一百里方圓之內也都如此，人們幾乎多以為他的姓名就叫舉人老爺的了。在這人的府上幫忙，那當然是可敬的。但據阿Q又說，他卻不高興再幫忙了，因為這舉人老爺實在太「媽媽的」了。這一節，聽的人都嘆息而且快意，因為阿Q本不配在舉人老爺家裡幫忙，而不幫忙是可惜的。

據阿Q說，他的回來，似乎也由於不滿意城裡人，這就在他們將長凳稱為條凳，而且煎魚用蔥絲，加以最近觀察所得的缺點，是女人的走路也扭得不很好。然而也偶有大可佩服的地方，即如未莊的鄉下人不過打三十二張的竹牌，只有假洋鬼子能夠叉「麻醬」，城裡卻連小烏龜子都叉得精熟的。什麼假洋鬼子，只要放在城裡的十幾歲的小烏龜子的手裡，也就立刻是「小鬼見閻王」。這一節，聽的人都赧然了。

「你們可看見過殺頭麼？」阿Q說，「咳，好看。殺革命黨。唉，好看好看，……」他搖搖頭，將唾沫飛在正對面的趙司晨的臉上。這一節，聽的人都凜然了。但阿Q又四面一看，忽然揚起右手，照著伸長脖子聽得出神的王胡的後項窩上直劈下去道：

「嚓！」

王胡驚得一跳，同時電光石火似的趕快縮了頭，而聽的人又都悚然而且欣然了。從此王胡瘟頭瘟腦的許多日，並且再不敢走近阿Q的身邊；別的人也一樣。

阿Q這時在未莊人眼睛裡的地位，雖不敢說超過趙太爺，但謂之差不多，大約也就沒有什麼語病的了。

然而不多久，這阿Q的大名忽又傳遍了未莊的閨中。雖然未莊只有錢趙兩姓是大屋，此外十之九都是淺閨，但閨中究竟是閨中，所以也算得一件神異。女人們見面時一定說，鄒七嫂在阿Q那裡買了一條藍綢裙，舊固然是舊的，但只花了九角錢。還有趙白眼的母親，——一說是趙司晨的母親，待考，——也買了一件孩子穿的大紅洋紗衫，七成新，只用三百大錢九二串。於是伊們都眼巴巴的想見阿Q，缺綢裙的想問他買綢裙，要洋紗衫的想問他買洋紗衫，不但見了不逃避，有時阿Q已經走過了，也還要追上去叫住他，問道：

「阿Q，你還有綢裙麼？沒有？紗衫也要的，有罷？」

後來這終於從淺閨傳進深閨裡去了。因為鄒七嫂得意之餘，將伊的綢裙請趙太太去鑒賞，趙太太又告訴了趙太爺而且著實恭維了一番。趙太爺便在晚飯桌上，和秀才大爺討論，以為阿Q實在有些古怪，我們門窗應該小心些；但他的東西，不知道可還有什麼可買，也許有點好東西罷。加以趙太太也正想買一件價廉物美的皮背心。於是家族決議，便託鄒七嫂即刻去尋阿Q，而且為此新闢了第三種的例外：這晚上也姑且特准點油燈。

油燈乾了不少了，阿Q還不到。趙府的全眷都很焦急，打著呵欠，或恨阿Q

太飄忽，或怨鄒七嫂不上緊。趙太太還怕他因為春天的條件不敢來，而趙太爺以為不足慮：因為這是「我」去叫他的。果然，到底趙太爺有見識，阿Q終於跟著鄒七嫂進來了。

「他只說沒有沒有，我說你自己當面說去，他還要說，我說……」鄒七嫂氣喘吁吁的走著說。

「太爺！」阿Q似笑非笑的叫了一聲，在簷下站住了。

「阿Q，聽說你在外面發財，」趙太爺踱開去，眼睛打量著他的全身，一面說。「那很好，那很好的。這個，……聽說你有些舊東西，……可以都拿來看一看，……這也並不是別的，因為我倒要……」

「我對鄒七嫂說過了。都完了。」

「完了？」趙太爺不覺失聲的說，「那裡會完得這樣快呢？」

「那是朋友的，本來不多。他們買了些，……」

「總該還有一點罷。」

「現在，只剩了一張門幕了。」

「就拿門幕來看看罷。」趙太太慌忙說。

「那麼，明天拿來就是，」趙太爺卻不甚熱心了。「阿Q，你以後有什麼東西的時候，你儘先送來給我們看，……」

「價錢決不會比別家出得少！」秀才說。秀才娘子忙一瞥阿Q的臉，看他感動了沒有。

「我要一件皮背心。」趙太太說。

阿Q雖然答應著，卻懶洋洋的出去了，也不知道他是否放在心上。這使趙太爺很失望，氣憤而且擔心，至於停止了打呵欠。秀才對於阿Q的態度也很不平，於是說，這忘八蛋要提防，或者竟不如吩咐地保，不許他住在未莊。但趙太爺以為不然，說這也怕要結怨，況且做這路生意的大概是「老鷹不吃窩下食」，本村倒不必擔心的；只要自己夜裡警醒點就是了。秀才聽了這「庭訓」，非常之以為然，便即刻撤銷了驅逐阿Q的提議，而且叮囑鄒七嫂，請伊萬不要向人提起這一段話。

但第二日，鄒七嫂便將那藍裙去染了皂，又將阿Q可疑之點傳揚出去了，可是確沒有提起秀才要驅逐他這一節。然而這已經於阿Q很不利。最先，地保尋上門了，取了他的門幕去，阿Q說是趙太太要看的，而地保也不還，並且要議定每月的孝敬錢。其次，是村人對於他的敬畏忽而變相了，雖然還不敢來放肆，卻很有遠避的神情，而這神情和先前的防他來「嚓」的時候又不同，頗混著「敬而遠之」的分子了。

只有一班閒人們卻還要尋根究底的去探阿Q的底細。阿Q也並不諱飾，傲然的說出他的經驗來。從此他們才知道，他不過是一個小腳色，不但不能上牆，並且不能進洞，只站在洞外接東西。有一夜，他剛才接到一個包，正手再進去，不一會，只聽得裡面大嚷起來，他便趕緊跑，連夜爬出城，逃回未莊來了，從此不敢再去做。然而這故事卻於阿Q更不利，村人對於阿Q的「敬而遠之」者，本因為怕結怨，誰料他不過是一個不敢再偷的偷兒呢？這實在是「斯亦不足畏也矣」。

第七章　革命

宣統三年九月十四日——即阿Q將搭連賣給趙白眼的這一天——三更四點，有一隻大烏篷船到了趙府上的河埠頭。這船從黑魆魆中蕩來，鄉下人睡得熟，都沒有知道；出去時將近黎明，卻很有幾個看見的了。據探頭探腦的調查來的結果，知道那竟是舉人老爺的船！

那船便將大不安載給了未莊，不到正午，全村的人心就很搖動。船的使命，趙家本來是很祕密的，但茶坊酒肆裡卻都說，革命黨要進城，舉人老爺到我們鄉下來逃難了。惟有鄒七嫂不以為然，說那不過是幾口破衣箱，舉人老爺想來寄存的，卻已被趙太爺回復轉去。其實舉人老爺和趙秀才素不相能，在理本不能有「共患難」的情誼，況且鄒七嫂又和趙家是鄰居，見聞較為切近，所以大概該是伊對的。

然而謠言很旺盛，說舉人老爺雖然似乎沒有親到，卻有一封長信，和趙家排了「轉折親」。趙太爺肚裡一輪，覺得於他總不會有壞處，便將箱子留下了，現就塞在太太的床底下。至於革命黨，有的說是便在這一夜進了城，個個白盔白甲：穿著崇正皇帝的素。

阿Q的耳朵裡，本來早聽到過革命黨這一句話，今年又親眼見過殺掉革命黨。但他有一種不知從那裡來的意見，以為革命黨便是造反，造反便是與他為難，所以一向是「深惡而痛絕之」的。殊不料這卻使百里聞名的舉人老爺有這樣怕，於是他未免也有些「神往」了，況且未莊的一群鳥男女的慌張的神情，也使阿Q更快意。

「革命也好罷，」阿Q想，「革這夥媽媽的的命，太可惡！太可恨！……便是我，也要投降革命黨了。」

阿Q近來用度窘，大約略略有些不平；加以午間喝了兩碗空肚酒，愈加醉得快，一面想一面走，便又飄飄然起來。不知怎麼一來，忽而似乎革命黨便是自己，未莊人卻都是他的俘虜了。他得意之餘，禁不住大聲的嚷道：

「造反了！造反了！」

未莊人都用了驚懼的眼光對他看。這一種可憐的眼光，是阿Q從來沒有見過的，一見之下，又使他舒服得如六月裡喝了雪水。他更加高興的走而且喊道：

「好，……我要什麼就是什麼，我歡喜誰就是誰。

得得，鏘鏘！

悔不該，酒醉錯斬了鄭賢弟，

悔不該，呀呀呀……

得得，鏘鏘，得，鏘令鏘！

我手執鋼鞭將你打……」

趙府上的兩位男人和兩個真本家，也正站在大門口論革命。阿Q沒有見，昂了頭直唱過去。

「得得，……」

「老Q，」趙太爺怯怯的迎著低聲的叫。

「鏘鏘，」阿Q料不到他的名字會和「老」字聯結起來，以為是一句別的話，與己無干，只是唱。「得，鏘，鏘令鏘，鏘！」

「老Q。」

「悔不該……」

「阿Q！」秀才只得直呼其名了。

阿Q這才站住，歪著頭問道，「什麼？」

「老Q，……現在……」趙太爺卻又沒有話，「現在……發財麼？」

「發財？自然。要什麼就是什麼……」

「阿……Q哥，像我們這樣窮朋友是不要緊的……」趙白眼惴惴的說，似乎想探革命黨的口風。

「窮朋友？你總比我有錢。」阿Q說著自去了。

大家都憮然，沒有話。趙太爺父子回家，晚上商量到點燈。趙白眼回家，便從腰間扯下搭連來，交給他女人藏在箱底裡。

阿Q飄飄然的飛了一通，回到土穀祠，酒已經醒透了。這晚上，管祠的老頭子也意外的和氣，請他喝茶；阿Q便向他要了兩個餅，吃完之後，又要了一支點過的四兩燭和一個樹燭臺，點起來，獨自躺在自己的小屋裡。他說不出的新鮮而且高興，燭火像元夜似的閃閃的跳，他的思想也迸跳起來了：

「造反？有趣，……來了一陣白盔白甲的革命黨，都拿著板刀，鋼鞭，炸彈，洋炮，三尖兩刃刀，鉤鐮槍，走過土穀祠，叫道，『阿Q！同去同去！』於是一同去。……

「這時未莊的一夥鳥男女才好笑哩，跪下叫道，『阿Q，饒命！』誰聽他！第一個該死的是小D和趙太爺，還有秀才，還有假洋鬼子，……留幾條麼？王胡本來還可留，但也不要了。……

「東西，……直走進去打開箱子來：元寶，洋錢，洋紗衫，……秀才娘子的一張寧式床先搬到土穀祠，此外便擺了錢家的桌椅，——或者也就用趙家的罷。自己是不動手的了，叫小D來搬，要搬得快，搬得不快打嘴巴。……

「趙司晨的妹子真醜。鄒七嫂的女兒過幾年再說。假洋鬼子的老婆會和沒有辮子的男人睡覺，嚇，不是好東西！秀才的老婆是眼胞上有疤的。……吳媽長久不見了，不知道在那裡，——可惜腳太大。」

阿Q沒有想得十分停當，已經發了鼾聲，四兩燭還只點去了小半寸，紅焰焰的光照著他張開的嘴。

「荷荷！」阿Q忽而大叫起來，抬了頭倉皇的四顧，待到看見四兩燭，卻又倒頭睡去了。

第二天他起得很遲，走出街上看時，樣樣都照舊。他也仍然肚餓，他想著，想不起什麼來；但他忽而似乎有了主意了，慢慢的跨開步，有意無意的走到靜修庵。

庵和春天時節一樣靜，白的牆壁和漆黑的門。他想了一想，前去打門，一隻狗在裡面叫。他急急拾了幾塊斷磚，再上去較為用力的打，打到黑門上生出許多麻點的時候，才聽得有人來開門。

阿Q連忙捏好磚頭，擺開馬步，準備和黑狗來開戰。但庵門只開了一條縫，並無黑狗從中衝出，望進去只有一個老尼姑。

「你又來什麼事？」伊大吃一驚的說。

「革命了……你知道？……」阿Q說得很含糊。

「革命革命，革過一革的，……你們要革得我們怎麼樣呢？」老尼姑兩眼通紅的說。

「什麼？……」阿Q詫異了。

「你不知道，他們已經來革過了！」

「誰？……」阿Q更其詫異了。

「那秀才和洋鬼子！」

阿Q很出意外，不由的一錯愕；老尼姑見他失了銳氣，便飛速的關了門，阿Q再推時，牢不可開，再打時，沒有回答了。

那還是上午的事。趙秀才消息靈，一知道革命黨已在夜間進城，便將辮子盤在頂上，一早去拜訪那歷來也不相能的錢洋鬼子。這是「咸與維新」的時候了，所以他們便談得很投機，立刻成了情投意合的同志，也相約去革命。他們想而又想，才想出靜修庵裡有一塊「皇帝萬歲萬萬歲」的龍牌，是應該趕緊革掉的，於是又立刻同到庵裡去革命。因為老尼姑來阻擋，說了三句話，他們便將伊當作滿政府，在頭上很給了不少的棍子和栗鑿。尼姑待他們走後，定了神來檢點，龍牌固然已經碎在地上了，而且又不見了觀音娘娘座前的一個宣德爐。

這事阿Q後來才知道。他頗悔自己睡著，但也深怪他們不來招呼他。他又退一步想道：

「難道他們還沒有知道我已經投降了革命黨麼？」

第八章　不准革命

未莊的人心日見其安靜了。據傳來的消息，知道革命黨雖然進了城，倒還沒有什麼大異樣。知縣大老爺還是原官，不過改稱了什麼，而且舉人老爺也做了什麼——這些名目，未莊人都說不明白——官，帶兵的也還是先前的老把總。只有一件可怕的事是另有幾個不好的革命黨夾在裡面搗亂，第二天便動手剪辮子，聽說那鄰村的航船七斤便著了道兒，弄得不像人樣子了。但這卻還不算大恐怖，因為未莊人本來少上城，即使偶有想進城的，也就立刻變了計，碰不著這危險。阿Q本也想進城去尋他的老朋友，一得這消息，也只得作罷了。

但未莊也不能說是無改革。幾天之後，將辮子盤在頂上的逐漸增加起來了，早經說過，最先自然是茂才公，其次便是趙司晨和趙白眼，後來是阿Q。倘在夏天，大家將辮子盤在頭頂上或者打一個結，本不算什麼稀奇事，但現在是暮秋，所以這「秋行夏令」的情形，在盤辮家不能不說是萬分的英斷。而在未莊也不能說無關於改革了。

趙司晨腦後空蕩蕩的走來，看見的人大嚷說，

「嚄，革命黨來了！」

阿Q聽到了很羨慕。他雖然早知道秀才盤辮的大新聞，但總沒有想到自己可以照樣做，現在看見趙司晨也如此，才有了學樣的意思，定下實行的決心。他用一支竹筷將辮子盤在頭頂上，遲疑多時，這才放膽的走去。

他在街上走，人也看他，然而不說什麼話，阿Q當初很不快，後來便很不平。他近來很容易鬧脾氣了；其實他的生活，倒也並不比造反之前反艱難，人見他也客氣，店鋪也不說要現錢。而阿Q總覺得自己太失意：既然革了命，不應該只是這樣的。況且有一回看見小D，愈使他氣破肚皮了。

小D也將辮子盤在頭頂上了，而且也居然用一支竹筷。阿Q萬料不到他也敢

這樣做，自己也決不准他這樣做！小D是什麼東西呢？他很想即刻揪住他，拗斷他的竹筷，放下他的辮子，並且批他幾個嘴巴，聊且懲罰他忘了生辰八字，也敢來做革命黨的罪。但他終於饒放了，單是怒目而視的吐一口唾沫道「呸！」

這幾日裡，進城去的只有一個假洋鬼子。趙秀才本也想靠著寄存箱子的淵源，親身去拜訪舉人老爺的，但因為有剪辮的危險，所以也就中止了。他寫了一封「黃傘格」的信，託假洋鬼子帶上城，而且託他給自己紹介紹介，去進自由黨。假洋鬼子回來時，向秀才討還了四塊洋錢，秀才便有一塊銀桃子掛在大襟上了；未莊人都驚服，說這是柿油黨的頂子，抵得一個翰林；趙太爺因此也驟然大闊，遠過於他兒子初雋秀才的時候，所以目空一切，見了阿Q，也就很有些不放在眼裡了。

阿Q正在不平，又時時刻刻感著冷落，一聽得這銀桃子的傳說，他立即悟出自己之所以冷落的原因了：要革命，單說投降，是不行的；盤上辮子，也不行的；第一著仍然要和革命黨去結識。他生平所知道的革命黨只有兩個，城裡的一個早已「嚓」的殺掉了，現在只剩了一個假洋鬼子。他除卻趕緊去和假洋鬼子商量之外，再沒有別的道路了。

錢府的大門正開著，阿Q便怯怯的躄進去。他一到裡面，很吃了驚，只見假洋鬼子正站在院子的中央，一身烏黑的大約是洋衣，身上也掛著一塊銀桃子，手裡是阿Q曾經領教過的棍子，已經留到一尺多長的辮子都拆開了披在肩背上，蓬頭散髮的像一個劉海仙。對面挺直的站著趙白眼和三個閒人，正在必恭必敬的聽說話。

阿Q輕輕的走近了，站在趙白眼的背後，心裡想招呼，卻不知道怎麼說才好：叫他假洋鬼子固然是不行的了，洋人也不妥，革命黨也不妥，或者就應該叫洋先生了罷。

洋先生卻沒有見他，因為白著眼睛講得正起勁：

「我是性急的，所以我們見面，我總是說：洪哥！我們動手罷！他卻總說道No！——這是洋話，你們不懂的。否則早已成功了。然而這正是他做事小心的地方。他再三再四的請我上湖北，我還沒有肯。誰願意在這小縣城裡做事情。……」

「唔，……這個……」阿Q候他略停，終於用十二分的勇氣開口了，但不知道因為什麼，又並不叫他洋先生。

聽著說話的四個人都吃驚的回顧他。洋先生也才看見：

「什麼？」

「我⋯⋯」
「出去！」
「我要投⋯⋯」
「滾出去！」洋先生揚起哭喪棒來了。
趙白眼和閒人們便都吆喝道：「先生叫你滾出去，你還不聽麼？」
阿Q將手向頭上一遮，不自覺的逃出門外；洋先生倒也沒有追。他快跑了六十多步，這才慢慢的走，於是心裡便湧起了憂愁：洋先生不准他革命，他再沒有別的路；從此決不能望有白盔白甲的人來叫他，他所有的抱負，志向，希望，前程，全被一筆勾銷了。至於閒人們傳揚開去，給小D王胡等輩笑話，倒是還在其次的事。
他似乎從來沒有經驗過這樣的無聊。他對於自己的盤辮子，仿佛也覺得無意味，要侮蔑；為報仇起見，很想立刻放下辮子來，但也沒有竟放。他遊到夜間，賒了兩碗酒，喝下肚去，漸漸的高興起來了，思想裡才又出現白盔白甲的碎片。
有一天，他照例的混到夜深，待酒店要關門，才踱回土穀祠去。
拍，吧⋯⋯！

他忽而聽得一種異樣的聲音，又不是爆竹。阿Q本來是愛看熱鬧，愛管閒事的，便在暗中直尋過去。似乎前面有些腳步聲；他正聽，猛然間一個人從對面逃來了。阿Q一看見，便趕緊翻身跟著逃。那人轉彎，阿Q也轉彎，既轉彎，那人站住了，阿Q也站住。他看後面並無什麼，看那人便是小D。

「什麼？」阿Q不平起來了。

「趙……趙家遭搶了！」小D氣喘吁吁的說。

阿Q的心怦怦的跳了。小D說了便走；阿Q卻逃而又停的兩三回。但他究竟是做過「這路生意」的人，格外膽大，於是躄出路角，仔細的聽，似乎有些嚷嚷，又仔細的看，似乎許多白盔白甲的人，絡繹的將箱子抬出了，器具抬出了，秀才娘子的寧式床也抬出了，但是不分明，他還想上前，兩隻腳卻沒有動。

這一夜沒有月，未莊在黑暗裡很寂靜，寂靜到像羲皇時候一般太平。阿Q站著看到自己發煩，也似乎還是先前一樣，在那裡來來往往的搬，箱子抬出了，器具抬出了，秀才娘子的甯式床也抬出了，……抬得他自己有些不信他的眼睛了。但他決計不再上前，卻回到自己的祠裡去了。

土穀祠裡更漆黑；他關好大門，摸進自己的屋子裡。他躺了好一會，這才定了神，而且發出關於自己的思想來：白盔白甲的人明明到了，並不來打招呼，搬了許多好東西，又沒有自己的份，——這全是假洋鬼子可惡，不准我造反，否則，這次何至於沒有我的份呢？阿Q越想越氣，終於禁不住滿心痛恨起來，毒毒的點一點頭：「不准我造反，只准你造反？媽媽的假洋鬼子，——好，你造反！造反是殺頭的罪名呵，我總要告一狀，看你抓進縣裡去殺頭，——滿門抄斬，——嚓！嚓！」

第九章　大團圓

趙家遭搶之後，未莊人大抵很快意而且恐慌，阿Q也很快意而且恐慌。但四天之後，阿Q在半夜裡忽被抓進縣城裡去了。那時恰是暗夜，一隊兵，一隊團丁，一隊員警，五個偵探，悄悄地到了未莊，乘昏暗圍住土穀祠，正對門架好機關槍；然而阿Q不衝出。許多時沒有動靜，把總焦急起來了，懸了二十千的賞，才有兩個團丁冒了險，踰垣進去，裡應外合，一擁而入，將阿Q抓出來；直待擒出祠外面的機關槍左近，他才有些清醒了。

到進城，已經是正午，阿Q見自己被攙進一所破衙門，轉了五六個彎，便推在一間小屋裡。他剛剛一蹌踉，那用整株的木料做成的柵欄門便跟著他的腳跟闔上了，其餘的三面都是牆壁，仔細看時，屋角上還有兩個人。

阿Q雖然有些忐忑，卻並不很苦悶，因為他那土穀祠裡的臥室，也並沒有比這間屋子更高明。那兩個也仿佛是鄉下人，漸漸和他兜搭起來了，一個說是舉人老爺要追他祖父欠下來的陳租，一個不知道為了什麼事。他們問阿Q，阿Q爽利的答道，「因為我想造反。」

他下半天便又被抓出柵欄門去了，到得大堂，上面坐著一個滿頭剃得精光的老頭子。阿Q疑心他是和尚，但看見下面站著一排兵，兩旁又站著十幾個長衫人物，也有滿頭剃得精光像這老頭子的，也有將一尺來長的頭髮披在背後像那假洋鬼子的，都是一臉橫肉，怒目而視的看他；他便知道這人一定有些來歷，膝關節立刻自然而然的寬鬆，便跪了下去了。

「站著說！不要跪！」長衫人物都吆喝說。

阿Q雖然似乎懂得，但總覺得站不住，身不由己的蹲了下去，而且終於趁勢改為跪下了。

「奴隸性！……」長衫人物又鄙夷似的說，但也沒有叫他起來。

「你從實招來罷，免得吃苦。我早都知道了。招了可以放你。」那光頭的老頭子看定了阿Q的臉，沉靜的清楚的說。

「招罷！」長衫人物也大聲說。

「我本來要……來投……」阿Q糊裡糊塗的想了一通，這才斷斷續續的說。

「那麼，為什麼不來的呢？」老頭子和氣的問。

「假洋鬼子不准我！」

「胡說！此刻說，也遲了。現在你的同黨在那裡？」

「什麼？……」

「那一晚打劫趙家的一夥人。」

「他們沒有來叫我。他們自己搬走了。」阿Q提起來便憤憤。

「走到那裡去了呢？說出來便放你了。」老頭子更和氣了。

「我不知道，……他們沒有來叫我……」

然而老頭子使了一個眼色，阿Q便又被抓進柵欄門裡了。他第二次抓出柵欄門，是第二天的上午。

大堂的情形都照舊。上面仍然坐著光頭的老頭子，阿Q也仍然下了跪。

老頭子和氣的問道，「你還有什麼話說麼？」

阿Q一想，沒有話，便回答說，「沒有。」

於是一個長衫人物拿了一張紙，並一支筆送到阿Q的面前，要將筆塞在他手裡。阿Q這時很吃驚，幾乎「魂飛魄散」了：因為他的手和筆相關，這回是初次。他正不知怎樣拿；那人卻又指著一處地方教他畫花押。

「我……我……不認得字。」阿Q一把抓住了筆，惶恐而且慚愧的說。

「那麼，便宜你，畫一個圓圈！」

阿Q要畫圓圈了，那手捏著筆卻只是抖。於是那人替他將紙鋪在地上，阿Q伏下去，使盡了平生的力畫圓圈。他生怕被人笑話，立志要畫得圓，但這可惡的筆不但很沉重，並且不聽話，剛剛一抖一抖的幾乎要合縫，卻又向外一聳，畫成瓜子模樣了。

阿Q正羞愧自己畫得不圓，那人卻不計較，早已掣了紙筆去，許多人又將他第二次抓進柵欄門。

他第二次進了柵欄，倒也並不十分懊惱。他以為人生天地之間，大約本來有時要抓進抓出，有時要在紙上畫圓圈的，惟有圈而不圓，卻是他「行狀」上的一個汙點。但不多時也就釋然了，他想：孫子才畫得很圓的圓圈呢。於是他睡著了。

然而這一夜，舉人老爺反而不能睡：他和把總嘔了氣了。舉人老爺主張第一要追贓，把總主張第一要示眾。把總近來很不將舉人老爺放在眼裡了，拍案打凳的說道，「懲一儆百！你看，我做革命黨還不上二十天，搶案就是十幾件，全不破案，我的面子在那裡？破了案，你又來迂。不成！這是我管的！」舉人老爺窘急了，然而還堅持，說是倘若不追贓，他便立刻辭了幫辦民政的職務。而把總卻道，「請便罷！」於是舉人老爺在這一夜竟沒有睡，但幸而第二天倒也沒有辭。

阿Q第三次抓出柵欄門的時候，便是舉人老爺睡不著的那一夜的明天的上午了。他到了大堂，上面還坐著照例的光頭老頭子；阿Q也照例的下了跪。

老頭子很和氣的問道，「你還有什麼話麼？」

阿Q一想，沒有話，便回答說，「沒有。」

許多長衫和短衫人物，忽然給他穿上一件洋布的白背心，上面有些黑字。阿Q很氣苦：因為這很像是帶孝，而帶孝是晦氣的。然而同時他的兩手反縛了，同時又被一直抓出衙門外去了。

阿Q被抬上了一輛沒有篷的車，幾個短衣人物也和他同坐在一處。這車立刻走動了，前面是一班背著洋炮的兵們和團丁，兩旁是許多張著嘴的看客，後面怎樣，阿Q沒有見。但他突然覺到了：這豈不是去殺頭麼？他一急，兩眼發黑，耳朵裡的一聲，似乎發昏了。然而他又沒有全發昏，有時雖然著急，有時卻也泰然；他意思之間，似乎覺得人生天地間，大約本來有時也未免要殺頭的。

他還認得路，於是有些詫異了：怎麼不向著法場走呢？他不知道這是在遊街，在示眾。但即使知道也一樣，他不過便以為人生天地間，大約本來有時也未免要遊街要示眾罷了。

他省悟了，這是繞到法場去的路，這一定是「嚓」的去殺頭。他惘惘的向左右看，全跟著馬蟻似的人，而在無意中，卻在路旁的人叢中發見了一個吳媽。很久違，伊原來在城裡做工了。阿Q忽然很羞愧自己沒志氣：竟沒有唱幾句戲。他的思想仿佛旋風似的在腦裡一迴旋：〈小孤孀上墳〉欠堂皇，〈龍虎鬥〉裡的「悔不該……」也太乏，還是「手執鋼鞭將你打」罷。他同時想將手一揚，才記得這兩手原來都捆著，於是「手執鋼鞭」也不唱了。

「過了二十年又是一個……」阿Q在百忙中，「無師自通」的說出半句從來不說的話。

「好！！！」從人叢裡，便發出豺狼的嗥叫一般的聲音來。

車子不住的前行，阿Q在喝采聲中，輪轉眼睛去看吳媽，似乎伊一向並沒有見他，卻只是出神的看著兵們背上的洋炮。

阿Q於是再看那些喝采的人們。

這剎那中，他的思想又彷彿旋風似的在腦裡一迴旋了。四年之前，他曾在山腳下遇見一隻餓狼，永是不近不遠的跟定他，要吃他的肉。他那時嚇得幾乎要死，幸而手裡有一柄斫柴刀，才得仗這壯了膽，支持到未莊；可是永遠記得那狼眼睛，又凶又怯，閃閃的像兩顆鬼火，似乎遠遠的來穿透了他的皮肉。而這回他又看見從來沒有見過的更可怕的眼睛了，又鈍又鋒利，不但已經咀嚼了他的話，並且還要咀嚼他皮肉以外的東西，永是不遠不近的跟他走。

這些眼睛們似乎連成一氣，已經在那裡咬他的靈魂。

「救命，……」

然而阿Q沒有說。他早就兩眼發黑，耳朵裡嗡的一聲，覺得全身彷彿微塵似的迸散了。

至於當時的影響，最大的倒反在舉人老爺，因為終於沒有追贓，他全家都號啕了。其次是趙府，非特秀才因為上城去報官，被不好的革命黨剪了辮子，而且又破費了二十千的賞錢，所以全家也號啕了。從這一天以來，他們便漸漸的都發生了遺老的氣味。

至於輿論，在未莊是無異議，自然都說阿Q壞，被槍斃便是他的壞的證據；不壞又何至於被槍斃呢？而城裡的輿論卻不佳，他們多半不滿足，以為槍斃並無殺頭這般好看；而且那是怎樣的一個可笑的死囚呵，遊了那麼久的街，竟沒有唱一句戲：他們白跟一趟了。

一九二一年十二月。

兔和貓

住在我們後進院子裡的三太太，在夏間買了一對白兔，是給伊的孩子們看的。

這一對白兔，似乎離娘並不久，雖然是異類，也可以看出他們的天真爛熳來。但也豎直了小小的通紅的長耳朵，動著鼻子，眼睛裡頗現些驚疑的神色，大約究竟覺得人地生疏，沒有在老家時候的安心了。這種東西，倘到廟會日期自己出去買，每個至多不過兩吊錢，而三太太卻花了一元，因為是叫小使上店買來的。

孩子們自然大得意了，嚷著圍住了看；大人也都圍著看；還有一匹小狗名叫S的也跑來，闖過去一嗅，打了一個噴嚏，退了幾步。三太太吆喝道，「S，聽著，不准你咬他！」於是在他頭上打了一掌，S便退開了，從此並不咬。

這一對兔總是關在後窗後面的小院子裡的時候多，聽說是因為太喜歡撕壁紙，也常常啃木器腳。這小院子裡有一株野桑樹，桑子落地，他們最愛吃，便連喂他們的波菜也不吃了。烏鴉喜鵲想要下來時，他們便躬著身子用後腳在地上使勁的一彈，砉的一聲直跳上來，像飛起了一團雪，鴉鵲嚇得趕緊走，這樣的幾回，再也不敢近來了。三太太說，鴉鵲倒不打緊，至多也不過搶吃一點食料，可惡的是一匹大黑貓，常在矮牆上惡狠狠的看，這卻要防的，幸而S和貓是對頭，或者還不至於有什麼罷。

孩子們時時捉他們來玩耍；他們很和氣，豎起耳朵，動著鼻子，馴良的站在小手的圈子裡，但一有空，卻也就溜開去了。他們夜裡的臥榻是一個小木箱，裡面鋪些稻草，就在後窗的房檐下。

這樣的幾個月之後，他們忽而自己掘土了，掘得非常快，前腳一抓，後腳一踢，不到半天，已經掘成一個深洞。大家都奇怪，後來仔細看時，原來一個的肚子比別一個的大得多了。他們第二天便將乾草和樹葉銜進洞裡去，忙了大半天。

大家都高興，說又有小兔可看了；三太太便對孩子們下了戒嚴令，從此不許再去捉。我的母親也很喜歡他們家族的繁榮，還說待生下來的離了乳，也要去討兩匹來養在自己的窗外面。

他們從此便住在自造的洞府裡，有時也出來吃些食，後來不見了，可不知道他們是預先運糧存在裡面呢還是竟不吃。過了十多天，三太太對我說，那兩匹又出來了，大約小兔是生下來又都死掉了，因為雌的一匹的奶非常多，卻並不見有進去哺養孩子的形跡。伊言語之間頗氣憤，然而也沒有法。

有一天，太陽很溫暖，也沒有風，樹葉都不動，我忽聽得許多人在那裡笑，尋聲看時，卻見許多人都靠著三太太的後窗看：原來有一個小兔，在院子裡跳躍了。這比他的父母買來的時候還小得遠，但也已經能用後腳一彈地，迸跳起來了。孩子們爭著告訴我說，還看見一個小兔到洞口來探一探頭，但是即刻縮回去了，那該是他的弟弟罷。

那小的也檢些草葉吃，然而大的似乎不許他，往往夾口的搶去了，而自己並不吃。孩子們笑得響，那小的終於吃驚了，便跳著鑽進洞裡去；大的也跟到洞門口，用前腳推著他的孩子的脊梁，推進之後，又爬開泥土來封了洞。

從此小院子裡更熱鬧，窗口也時時有人窺探了。

然而竟又全不見了那小的和大的。這時是連日的陰天，三太太又慮到遭了那大黑貓的毒手的事去。我說不然，那是天氣冷，當然都躲著，太陽一出，一定出來的。

太陽出來了，他們卻都不見。於是大家就忘卻了。

惟有三太太是常在那裡喂他們波菜的，所以常想到。伊有一回走進窗後的小院子去，忽然在牆角上發見了一個別的洞，再看舊洞口，卻依稀的還見有許多爪痕。這爪痕倘說是大兔的，爪該不會有這樣大，伊又疑心到那常在牆上的大黑貓去了，伊於是也就不能不定下發掘的決心了。伊終於出來取了鋤子，一路掘下去，雖然疑心，卻也希望著意外的見了小白兔的，但是待到底，卻只見一堆爛草夾些兔毛，怕還是臨蓐時候所鋪的罷，此外是冷清清的，全沒有什麼雪白的小兔的蹤跡，以及他那隻一探頭未出洞外的弟弟了。

氣憤和失望和淒涼，使伊不能不再掘那牆角上的新洞了。一動手，那大的兩匹便先竄出洞外面。伊以為他們搬了家了，很高興，然而仍然掘，待見底，那裡面也鋪著草葉和兔毛，而上面卻睡著七個很小的兔，遍身肉紅色，細看時，眼睛全都沒有開。

一切都明白了，三太太先前的預料果不錯。伊為預防危險起見，便將七個小的都裝在木箱中，搬進自己的房裡，又將大的也捺進箱裡面，勒令伊去哺乳。

三太太從此不但深恨黑貓，而且頗不以大兔為然了。據說當初那兩個被害之先，死掉的該還有，因為他們生一回，決不至於只兩個，但為了哺乳不勻，不能爭食的就先死了。這大概也不錯的，現在七個之中，就有兩個很瘦弱。所以三太太一有閒空，便捉住母兔，將小兔一個一個輪流的擺在肚子上來喝奶，不准有多少。

母親對我說，那樣麻煩的養兔法，伊歷來連聽也未曾聽到過，恐怕是可以收入《無雙譜》的。

白兔的家族更繁榮；大家也又都高興了。

但自此之後，我總覺得淒涼。夜半在燈下坐著想，那兩條小性命，竟是人不知鬼不覺的早在不知什麼時候喪失了，生物史上不著一些痕跡，並S也不叫一聲。我於是記起舊事來，先前我住在會館裡，清早起身，只見大槐樹下一片散亂的鴿子毛，這明明是膏於鷹吻的了，上午長班來一打掃，便什麼都不見，誰知道曾有一個生命斷送在這裡呢？我又曾路過西四牌樓，看見一匹小狗被馬車軋得快死，待回來時，什麼也不見了，搬掉了罷，過往行人憧憧的走著，誰知道曾有一個生命斷送在這裡呢？夏夜，窗外面，常聽到蒼蠅的悠長的吱吱的叫聲，這一定是給蠅虎咬住了，然而我向來無所容心於其間，而別人並且不聽到……

假使造物也可以責備，那麼，我以為他實在將生命造得太濫，毀得太濫了。

嗥的一聲，又是兩條貓在窗外打起架來。

「迅兒！你又在那裡打貓了？」

「不，他們自己咬。他那裡會給我打呢。」

我的母親是素來很不以我的虐待貓為然的，現在大約疑心我要替小兔抱不平，下什麼辣手，便起來探問了。而我在全家的口碑上，卻的確算一個貓敵。我曾經害過貓，平時也常打貓，尤其是在他們配合的時候。但我之所以打的原因並非因為他們配合，是因為他們嚷，嚷到使我睡不著，我以為配合是不必這樣大嚷而特嚷的。

況且黑貓害了小兔，我更是「師出有名」的了。我覺得母親實在太修善，於是不由的就說出模棱的近乎不以為然的答話來。

造物太胡鬧，我不能不反抗他了，雖然也許是倒是幫他的忙……

那黑貓是不能久在矮牆上高視闊步的了，我決定的想，於是又不由的一瞥那藏在書箱裡的一瓶青酸鉀。

一九二二年十月。

鴨的喜劇

俄國的盲詩人愛羅先珂君帶了他那六弦琴到北京之後不多久，便向我訴苦說：

「寂寞呀，寂寞呀，在沙漠上似的寂寞呀！」

這應該是真實的，但在我卻未曾感得；我住得久了，「入芝蘭之室，久而不聞其香。」只以為很是嚷嚷罷了。然而我之所謂嚷嚷，或者也就是他之所謂寂寞罷。

我可是覺得在北京仿佛沒有春和秋。老於北京的人說，地氣北轉了，這裡在先是沒有這麼和暖。只是我總以為沒有春和秋；冬末和夏初銜接起來，夏才去，冬又開始了。

一日就是這冬末夏初的時候，而且是夜間，我偶而得了閒暇，去訪問愛羅先珂君。他一向寓在仲密君的家裡；這時一家的人都睡了覺了，天下很安靜。他獨自靠在自己的臥榻上，很高的眉棱在金黃色的長髮之間微蹙了，是在想他舊遊之地的緬甸，緬甸的夏夜。

「這樣的夜間，」他說，「在緬甸是遍地是音樂。房裡，草間，樹上，都有昆蟲吟叫，各種聲音，成為合奏，很神奇。其間時時夾著蛇鳴：『嘶嘶！』可是也與蟲聲相和協……」他沉思了，似乎想要追想起那時的情景來。

我開不得口。這樣奇妙的音樂，我在北京確乎未曾聽到過，所以即使如何愛國，也辯護不得，因為他雖然目無所見，耳朵是沒有聾的。

「北京卻連蛙鳴也沒有……」他又嘆息說。

「蛙鳴是有的！」這嘆息，卻使我勇猛起來了，於是抗議說，「到夏天，大雨之後，你便能聽到許多蝦蟆叫，那是都在溝裡面的，因為北京到處都有溝。」

「哦……」

過了幾天，我的話居然證實了，因為愛羅先珂君已經買到了十幾個科斗子。他買來便放在他窗外的院子中央的小池裡。那池的長有三尺，寬有二尺，是仲密所掘，以種荷花的荷池。從這荷池裡，雖然從來沒有見過養出半朵荷花來，然而養蝦蟆卻實在是一個極合式的處所。

科斗成群結隊的在水裡面游泳；愛羅先珂君也常常踱來訪他們。有時候，孩子告訴他說，「愛羅先珂先生，他們生了腳了。」他便高興的微笑道，「哦！」

然而養成池沼的音樂家卻只是愛羅先珂君的一件事。他是向來主張自食其力的，常說女人可以畜牧，男人就應該種田。所以遇到很熟的友人，他便要勸誘他就在院子裡種白菜；也屢次對仲密夫人勸告，勸伊養蜂，養雞，養豬，養牛，養駱駝。後來仲密家裡果然有了許多小雞，滿院飛跑，啄完了鋪地錦的嫩葉，大約也許就是這勸告的結果了。

從此賣小雞的鄉下人也時常來，來一回便買幾隻，因為小雞是容易積食，發痧，很難得長壽的；而且有一匹還成了愛羅先珂君在北京所作唯一的小說《小雞的悲劇》裡的主人公。有一天的上午，那鄉下人竟意外的帶了小鴨來了，咻咻的叫著；但是仲密夫人說不要。愛羅先珂君也跑出來，他們就放一個在他兩手裡，而小鴨便在他兩手裡咻咻的叫。他以為這也很可愛，於是又不能不買了，一共買了四個，每個八十文。

小鴨也誠然是可愛，遍身松花黃，放在地上，便蹣跚的走，互相招呼，總是在一處。大家都說好，明天去買泥鰍來喂他們罷。愛羅先珂君說，「這錢也可以歸我出的。」

他於是教書去了；大家也走散。不一會，仲密夫人拿冷飯來喂他們時，在遠處已聽得潑水的聲音，跑到一看，原來那四個小鴨都在荷池裡洗澡了，而且還翻筋斗，吃東西呢。等到攔他們上了岸，全池已經是渾水，過了半天，澄清了，只見泥裡露出幾條細藕來；而且再也尋不出一個已經生了腳的科斗了。

「伊和希珂先，沒有了，蝦蟆的兒子。」傍晚時候，孩子們一見他回來，最小的一個便趕緊說。

「唔，蝦蟆？」

仲密夫人也出來了，報告了小鴨吃完科斗的故事。

「唉，唉！……」他說。

待到小鴨褪了黃毛，愛羅先珂君卻忽而渴念著他的「俄羅斯母親」了，便匆匆的向赤塔去。

待到四處蛙鳴的時候，小鴨也已經長成，兩個白的，兩個花的，而且不復咻咻的叫，都是「鴨鴨」的叫了。荷花池也早已容不下他們盤桓了，幸而仲密的住家的地勢是很低的，夏雨一降，院子裡滿積了水，他們便欣欣然，游水，鑽水，拍翅子，「鴨鴨」的叫。

現在又從夏末交了冬初，而愛羅先珂君還是絕無消息，不知道究竟在那裡了。只有四個鴨，卻還在沙漠上「鴨鴨」的叫。

一九二二年十月。

社戲

我在倒數上去的二十年中，只看過兩回中國戲，前十年是絕不看，因為沒有看戲的意思和機會，那兩回全在後十年，然而都沒有看出什麼來就走了。

第一回是民國元年我初到北京的時候，當時一個朋友對我說，北京戲最好，你不去見見世面麼？我想，看戲是有味的，而況在北京呢。於是都興致勃勃的跑到什麼園，戲文已經開場了，在外面也早聽到冬冬地響。我們挨進門，幾個紅的綠的在我的眼前一閃爍，便又看見戲臺下滿是許多頭，再定神四面看，卻見中間也還有幾個空座，擠過去要坐時，又有人對我發議論，我因為耳朵已經嗆嗆的響著了，用了心，才聽到他是說「有人，不行！」

我們退到後面，一個辮子很光的卻來領我們到了側面，指出一個地位來。這所謂地位者，原來是一條長凳，然而他那坐板比我的上腿要狹到四分之三，他的腳比我的下腿要長過三分之二。我先是沒有爬上去的勇氣，接著便聯想到私刑拷打的刑具，不由的毛骨悚然的走出了。

走了許多路，忽聽得我的朋友的聲音道，「究竟怎的？」我回過臉去，原來他也被我帶出來了。他很詫異的說，「怎麼總是走，不答應？」我說，「朋友，對不起，我耳朵只在冬冬喤喤的響，並沒有聽到你的話。」

後來我每一想到，便很以為奇怪，似乎這戲太不好——否則便是我近來在戲臺下不適於生存了。

第二回忘記了那一年，總之是募集湖北水災捐而譚叫天還沒有死。捐法是兩元錢買一張戲票，可以到第一舞臺去看戲，扮演的多是名角，其一就是小叫天。我買了一張票，本是對於勸募人聊以塞責的，然而似乎又有好事家乘機對我說了些叫天不可不看的大法要了。我於是忘了前幾年的冬冬喤喤之災，竟到第一舞臺去了，但大約一半也因為重價購來的寶票，總得使用了才舒服。我打聽得叫天出臺是遲的，而第一舞臺卻是新式構造，用不著爭座位，便放了心，延宕到九點鐘才出去，誰料照例，人都滿了，連立足也難，我只得擠在遠處的人叢中看一個老旦在臺上唱。那老旦嘴邊插著兩個點火的紙撚子，旁邊有一個鬼卒，我費盡思量，才疑心他或者是目連的母親，因為後來又出來了一個和尚。然而我又不知道那名角是誰，就去問擠小在我的左邊的一位胖紳士。他很看不起似的斜瞥了我一眼，說道，「龔雲甫！」我深愧淺陋而且粗疏，臉上一熱，同時腦裡也制出了決不再問的定章，於是看小旦唱，看花旦唱，看老生唱，看不知什麼角色唱，看一大班人亂打，看兩三個人互打，從九點多到十點，從十點到十一點，從十一點到十一點半，從十一點半到十二點，——然而叫天竟還沒有來。

我向來沒有這樣忍耐的等候過什麼事物，而況這身邊的胖紳士的吁吁的喘氣，這臺上的冬冬喤喤的敲打，紅紅綠綠的晃蕩，加之以十二點，忽而使我省悟到在這裡不適於生存了。我同時便機械的擰轉身子，用力往外只一擠，覺得背後便已滿滿的，大約那彈性的胖紳士早在我的空處胖開了他的右半身了。我後無回路，自然擠而又擠，終於出了大門。街上除了專等看客的車輛之外，幾乎沒有什麼行人了，大門口卻還有十幾個人昂著頭看戲目，別有一堆人站著並不看什麼，我想：他們大概是看散戲之後出來的女人們的，而叫天卻還沒有來……

然而夜氣很清爽，真所謂「沁人心脾」，我在北京遇著這樣的好空氣，彷彿這是第一遭了。

這一夜，就是我對於中國戲告了別的一夜，此後再沒有想到他，即使偶而經過戲園，我們也漠不相關，精神上早已一在天之南一在地之北了。

但是前幾天，我忽在無意之中看到一本日本文的書，可惜忘記了書名和著者，總之是關於中國戲的。其中有一篇，大意仿佛說，中國戲是大敲，大叫，大跳，使看客頭昏腦眩，很不適於劇場，但若在野外散漫的所在，遠遠的看起來，也自有他的風致。我當時覺得這正是說了在我意中而未曾想到的話，因為我確記得在野外看過很好的好戲，到北京以後的連進兩回戲園去，也許還是受了那時的影響哩。可惜我不知道怎麼一來，竟將書名忘卻了。

至於我看那好戲的時候，卻實在已經是「遠哉遙遙」的了，其時恐怕我還不過十一二歲。我們魯鎮的習慣，本來是凡有出嫁的女兒，倘自己還未當家，夏間便大抵回到母家去消夏。那時我的祖母雖然還康健，但母親也已分擔了些家務，所以夏期便不能多日的歸省了，只得在掃墓完畢之後，抽空去住幾天，這時我便每年跟了我的母親住在外祖母的家裡。那地方叫平橋村，是一個離海邊不遠，極偏僻的，臨河的小村莊；住戶不滿三十家，都種田，打魚，只有一家很小的雜貨店。但在我是樂土：因為我在這裡不但得到優待，又可以免念「秩秩斯干幽幽南山」了。

和我一同玩的是許多小朋友，因為有了遠客，他們也都從父母那裡得了減少工作的許可，伴我來遊戲。在小村裡，一家的客，幾乎也就是公共的。我們年紀都相仿，但論起行輩來，卻至少是叔子，有幾個還是太公，因為他們合村都同姓，是本家。然而我們是朋友，即使偶而吵鬧起來，打了太公，一村的老老小小，也決沒有一個會想出「犯上」這兩個字來，而他們也百分之九十九不識字。

我們每天的事情大概是掘蚯蚓，掘來穿在銅絲做的小鉤上，伏在河沿上去釣蝦。蝦是水世界裡的呆子，決不憚用了自己的兩個鉗捧著鉤尖送到嘴裡去的，所以不半天便可以釣到一大碗。這蝦照例是歸我吃的。其次便是一同去放牛，但或者因為高等動物了的緣故罷，黃牛水牛都欺生，敢於欺侮我，因此我也總不敢走近身，只好遠遠地跟著，站著。這時候，小朋友們便不再原諒我會讀「秩秩斯干」，卻全都嘲笑起來了。

至於我在那裡所第一盼望的，卻在到趙莊去看戲。趙莊是離平橋村五里的較大的村莊；平橋村太小，自己演不起戲，每年總付給趙莊多少錢，算作合做的。當時我並不想到他們為什麼年年要演戲。現在想，那或者是春賽，是社戲了。

就在我十一二歲時候的這一年，這日期也看看等到了。不料這一年真可惜，在早上就叫不到船。平橋村只有一隻早出晚歸的航船是大船，決沒有留用的道理。

其餘的都是小船，不合用；央人到鄰村去問，也沒有，早都給別人定下了。外祖母很氣惱，怪家裡的人不早定，絮叨起來。母親便寬慰伊，說我們魯鎮的戲比小村裡的好得多，一年看幾回，今天就算了。只有我急得要哭，母親卻竭力的囑咐我，說萬不能裝模裝樣，怕又招外祖母生氣，又不准和別人一同去，說是怕外祖母要擔心。

總之，是完了。到下午，我的朋友都去了，戲已經開場了，我似乎聽到鑼鼓的聲音，而且知道他們在戲臺下買豆漿喝。

這一天我不釣蝦，東西也少吃。母親很為難，沒有法子想。到晚飯時候，外祖母也終於覺察了，並且說我應當不高興，他們太怠慢，是待客的禮數裡從來所沒有的。吃飯之後，看過戲的少年們也都聚攏來了，高高興興的來講戲。只有我不開口；他們都嘆息而且表同情。忽然間，一個最聰明的雙喜大悟似的提議了，他說，「大船？八叔的航船不是回來了麼？」十幾個別的少年也大悟，立刻攛掇起來，說可以坐了這航船和我一同去。我高興了。然而外祖母又怕都是孩子們，不可靠；母親又說是若叫大人一同去，他們白天全有工作，要他熬夜，是不合情理的。在這遲疑之中，雙喜可又看出底細來了，便又大聲的說道，「我寫包票！

船又大；迅哥兒向來不亂跑；我們又都是識水性的！」

誠然！這十多個少年，委實沒有一個不會鳧水的，而且兩三個還是弄潮的好手。

外祖母和母親也相信，便不再駁回，都微笑了。我們立刻一哄的出了門。

我的很重的心忽而輕鬆了，身體也似乎舒展到說不出的大。一出門，便望見月下的平橋內泊著一隻白篷的航船，大家跳下船，雙喜拔前篙，阿發拔後篙，年幼的都陪我坐在艙中，較大的聚在船尾。母親送出來吩咐「要小心」的時候，我們已經點開船，在橋石上一磕，退後幾尺，即又上前出了橋。於是架起兩支櫓，一支兩人，一里一換，有說笑的，有嚷的，夾著潺潺的船頭激水的聲音，在左右都是碧綠的豆麥田地的河流中，飛一般徑向趙莊前進了。

兩岸的豆麥和河底的水草所發散出來的清香，夾雜在水氣中撲面的吹來；月色便朦朧在這水氣裡。淡黑的起伏的連山，仿佛是踴躍的鐵的獸脊似的，都遠遠地向船尾跑去了，但我卻還以為船慢。他們換了四回手，漸望見依稀的趙莊，而且似乎聽到歌吹了，還有幾點火，料想便是戲臺，但或者也許是漁火。

那聲音大概是橫笛，宛轉，悠揚，使我的心也沉靜，然而又自失起來，覺得要和他彌散在含著豆麥蘊藻之香的夜氣裡。

那火接近了，果然是漁火；我才記得先前望見的也不是趙莊。那是正對船頭的一叢松柏林，我去年也曾經去遊玩過，還看見破的石馬倒在地下，一個石羊蹲在草裡呢。過了那林，船便彎進了叉港，於是趙莊便真在眼前了。

最惹眼的是屹立在莊外臨河的空地上的一座戲臺，模糊在遠處的月夜中，和空間幾乎分不出界限，我疑心畫上見過的仙境，就在這裡出現了。這時船走得更快，不多時，在臺上顯出人物來，紅紅綠綠的動，近臺的河裡一望烏黑的是看戲的人家的船篷。

「近臺沒有什麼空了，我們遠遠的看罷。」阿發說。

這時船慢了，不久就到，果然近不得臺旁，大家只能下了篙，比那正對戲臺的神棚還要遠。其實我們這白篷的航船，本也不願意和烏篷的船在一處，而況並沒有空地呢……

在停船的匆忙中，看見臺上有一個黑的長鬍子的背上插著四張旗，捏著長槍，和一群赤膊的人正打仗。雙喜說，那就是有名的鐵頭老生，能連翻八十四個筋斗，他日裡親自數過的。

我們便都擠在船頭上看打仗，但那鐵頭老生卻又並不翻筋斗，只有幾個赤膊的人翻，翻了一陣，都進去了，接著走出一個小旦來，咿咿呀呀的唱。雙喜說，「晚上看客少，鐵頭老生也懈了，誰肯顯本領給白地看呢？」我相信這話對，因為其時臺下已經不很有人，鄉下人為了明天的工作，熬不得夜，早都睡覺去了，疏疏朗朗的站著的不過是幾十個本村和鄰村的閒漢。烏篷船裡的那些土財主的家眷固然在，然而他們也不在乎看戲，多半是專到戲臺下來吃糕餅水果和瓜子的。所以簡直可以算白地。

然而我的意思卻也並不在乎看翻筋斗。我最願意看的是一個人蒙了白布，兩手在頭上捧著一支棒似的蛇頭的蛇精，其次是套了黃布衣跳老虎。但是等了許多時都不見，小旦雖然進去了，立刻又出來了一個很老的小生。我有些疲倦了，託桂生買豆漿去。他去了一刻，回來說，「沒有。賣豆漿的聾子也回去了。日裡倒有，我還喝了兩碗呢。現在去舀一瓢水來給你喝罷。」

我不喝水，支撐著仍然看，也說不出見了些什麼，只覺得戲子的臉都漸漸的有些稀奇了，那五官漸不明顯，似乎融成一片的再沒有什麼高低。年紀小的幾個多打呵欠了，大的也各管自己談話。忽而一個紅衫的小丑被綁在臺柱子上，給一個花白鬍子的用馬鞭打起來了，大家才又振作精神的笑著看。在這一夜裡，我以為這實在要算是最好的一折。

然而老旦終於出臺了。老旦本來是我所最怕的東西，尤其是怕他坐下了唱。這時候，看見大家也都很掃興，才知道他們的意見是和我一致的。那老旦當初還只是踱來踱去的唱，後來竟在中間的一把交椅上坐下了。我很擔心；雙喜他們卻就破口喃喃的罵。我忍耐的等著，許多工夫，只見那老旦將手一抬，我以為就要站起來了，不料他卻又慢慢的放下在原地方，仍舊唱。全船裡幾個人不住的吁氣，其餘的也打起呵欠來。雙喜終於熬不住了，說道，怕他會唱到天明還不完，還是我們走的好罷。大家立刻都贊成，和開船時候一樣踴躍，三四人徑奔船尾，拔了篙，點退幾丈，回轉船頭，架起櫓，罵著老旦，又向那松柏林前進了。

月還沒有落，仿佛看戲也並不很久似的，而一離趙莊，月光又顯得格外的皎潔。回望戲臺在燈火光中，卻又如初來未到時候一般，又漂渺得像一座仙山樓閣，滿被紅霞罩著了。吹到耳邊來的又是橫笛，很悠揚；我疑心老旦已經進去了，但也不好意思說再回去看。

不多久，松柏林早在船後了，船行也並不慢，但周圍的黑暗只是濃，可知已經到了深夜。他們一面議論著戲子，或罵，或笑，一面加緊的搖船。這一次船頭的激水聲更其響亮了，那航船，就像一條大白魚背著一群孩子在浪花裡躥，連夜漁的幾個老漁父，也停了艇子看著喝采起來。

離平橋村還有一里模樣，船行卻慢了，搖船的都說很疲乏，因為太用力，而且許久沒有東西吃。這回想出來的是桂生，說是羅漢豆正旺相，柴火又現成，我們可以偷一點來煮吃的。大家都贊成，立刻近岸停了船；岸上的田裡，烏油油的便都是結實的羅漢豆。

「阿阿，阿發，這邊是你家的，這邊是老六一家的，我們偷那一邊的呢？」雙喜先跳下去了，在岸上說。

我們也都跳上岸。阿發一面跳，一面說道，「且慢，讓我來看一看罷，」他於是往來的摸了一回，直起身來說道，「偷我們的罷，我們的大得多呢。」一聲答應，大家便散開在阿發家的豆田裡，各摘了一大捧，拋入船艙中。雙喜以為再多偷，倘給阿發的娘知道是要哭罵的，於是各人便到六一公公的田裡又各偷了一大捧。

我們中間幾個年長的仍然慢慢的搖著船，幾個到後艙去生火，年幼的和我都剝豆。不久豆熟了，便任憑航船浮在水面上，都圍起來用手撮著吃。吃完豆，又開船，一面洗器具，豆莢豆殼全拋在河水裡，什麼痕跡也沒有了。雙喜所慮的是用了八公公船上的鹽和柴，這老頭子很細心，一定要知道，會罵的。然而大家議論之後，歸結是不怕。他如果罵，我們便要他歸還去年在岸邊拾去的一枝枯桕樹，而且當面叫他「八癩子」。

「都回來了！那裡會錯。我原說過寫包票的！」雙喜在船頭上忽而大聲的說。

我向船頭一望，前面已經是平橋。橋腳上站著一個人，卻是我的母親，雙喜便是對伊說著話。我走出前艙去，船也就進了平橋了，停了船，我們紛紛都上岸。母親頗有些生氣，說是過了三更了，怎麼回來得這樣遲，但也就高興了，笑著邀大家去吃炒米。

大家都說已經吃了點心，又渴睡，不如及早睡的好，各自回去了。

第二天，我向午才起來，並沒有聽到什麼關係八公公鹽柴事件的糾葛，下午仍然去釣蝦。

「雙喜，你們這班小鬼，昨天偷了我的豆了罷？又不肯好好的摘，踏壞了不少。」我抬頭看時，是六一公公棹著小船，賣了豆回來了，船肚裡還有剩下的一堆豆。

「是的。我們請客。我們當初還不要你的呢。你看，你把我的蝦嚇跑了！」雙喜說。

六一公公看見我，便停了楫，笑道，「請客？——這是應該的。」於是對我說，「迅哥兒，昨天的戲可好麼？」

我點一點頭，說道，「好。」

「豆可中吃呢？」

我又點一點頭，說道，「很好。」

不料六一公公竟非常感激起來，將大拇指一翹，得意的說道，「這真是大市鎮裡出來的讀過書的人才識貨！我的豆種是粒粒挑選過的，鄉下人不識好歹，還說我的豆比不上別人的呢。我今天也要送些給我們的姑奶奶嘗嘗去……」他於是打著楫子過去了。

待到母親叫我回去吃晚飯的時候，桌上便有一大碗煮熟了的羅漢豆，就是六一公公送給母親和我吃的。聽說他還對母親極口誇獎我，說「小小年紀便有見識，將來一定要中狀元。姑奶奶，你的福氣是可以寫包票的了。」但我吃了豆，卻並沒有昨夜的豆那麼好。

真的，一直到現在，我實在再沒有吃到那夜似的好豆，——也不再看到那夜似的好戲了。

一九二二年十月。

阿金

近幾時我最討厭阿金。

她是一個女僕，上海叫娘姨，外國人叫阿媽，她的主人也正是外國人。

她有許多女朋友，天一晚，就陸續到她窗下來，「阿金，阿金！」的大聲的叫，這樣的一直到半夜。她又好像頗有幾個姘頭；她曾在後門口宣布她的主張：弗軋姘頭，到上海來做啥呢？……

不過這和我不相干。不幸的是她的主人家的後門，斜對著我的前門，所以「阿金，阿金！」的叫起來，我總受些影響，有時是文章做不下去了，有時竟會在稿子上寫一個「金」字。更不幸的是我的進出，必須從她家的曬臺下走過，而她大約是不喜歡走樓梯的，竹竿，木板，還有別的什麼，常常從曬臺上直摔下來，使我走過的時候，必須十分小心，先看一看這位阿金可在曬臺上面，倘在，就得繞遠些。自然，這是大半為了我的膽子小，看得自己的性命太值錢；但我們也得想一想她的主子是外國人，被打得頭破血出，固然不成問題，即使死了，開同鄉會，打電報也都沒有用的，——況且我想，我也未必能夠弄到開起同鄉會。

半夜以後，是別一種世界，還剩著白天脾氣是不行的。有一夜，已經三點半鐘了，我在譯一篇東西，還沒有睡覺。忽然聽得路上有人低聲的在叫誰，雖然聽不清楚，卻並不是叫阿金，當然也不是叫我。我想：這麼遲了，還有誰來叫誰呢？同時也站起來，推開樓窗去看去了，卻看見一個男人，望著阿金的繡閣的窗，站著。他沒有看見我。我自悔我的莽撞，正想關窗退回的時候，斜對面的小窗開處，已經現出阿金的上半身來，並且立刻看見了我，向那男人說了一句不知道什麼話，用手向我一指，又一揮，那男人便開大步跑掉了。我很不舒服，好像是自己做了什麼錯事似的，書譯不下去了，心裡想：以後總要少管閒事，要煉到泰山崩於前而色不變，炸彈落於側而身不移！……

但在阿金，卻似乎毫不受什麼影響，因為她仍然嘻嘻哈哈。不過這是晚快邊才得到的結論，所以我真是負疚了小半夜和一整天。這時我很感激阿金的大度，但同時又討厭了她的大聲會議，嘻嘻哈哈了。自有阿金以來，四圍的空氣也變得擾動了，她就有這麼大的力量。這種擾動，我的警告是毫無效驗的，她們連看也不對我看一看。有一回，鄰近的洋人說了幾句洋話，她們也不理；但那洋人就奔出來了，用腳向各人亂踢，她們這才逃散，會議也收了場。這踢的效力，大約保存了五六夜。

此後是照常的嚷嚷；而且擾動又廓張了開去，阿金和馬路對面一家煙紙店裡的老女人開始奮鬥了，還有男人相幫。她的聲音原是響亮的，這回就更加響亮，我覺得一定可以使二十間門面以外的人們聽見。不一會，就聚集了一大批人。論戰的將近結束的時候當然要提到「偷漢」之類，那老女人的話我沒有聽清楚，阿金的答覆是：

「你這老X沒有人要！我可有人要呀！」

這恐怕是實情，看客似乎大抵對她表同情，「沒有人要」的老X戰敗了。這時踱來了一位洋巡捕，反背著兩手，看了一會，就來把看客們趕開；阿金趕緊迎上去，對他講了一連串的洋話。洋巡捕注意的聽完之後，微笑的說道：

「我看你也不弱呀！」

他並不去捉老X，又反背著手，慢慢的踱過去了。這一場巷戰就算這樣的結束。但是，人間世的糾紛又並不能解決得這麼乾脆，那老X大約是也有一點勢力的。第二天早晨，那離阿金家不遠的也是外國人家的西崽忽然向阿金家逃來。後面追著三個彪形大漢。西崽的小衫已被撕破，大約他被他們誘出外面，又給人堵住後門，退不回去，所以只好逃到他愛人這裡來了。愛人的肘腋之下，原是可以安身立命的，伊孛生（H.Ibsen）戲劇裡的彼爾•干德，就是失敗之後，終於躲在愛人的裙邊，聽唱催眠歌的大人物。但我看阿金似乎比不上瑙威女子，她無情，也沒有魄力。獨有感覺是靈的，那男人剛要跑到的時候，她已經趕緊把後門關上了。那男人於是進了絕路，只得站住。這好像也頗出於彪形大漢們的意料之外，顯得有些躊躕；但終於一同舉起拳頭，兩個是在他背脊和胸脯上一共給了三拳，彷佛也並不怎麼重，一個在他臉上打了一拳，卻使它立刻紅起來。這一場巷戰很神速，又在早晨，所以觀戰者也不多，勝敗兩軍，各自走散，世界又從此暫時和平了。然而我仍然不放心，因為我曾經聽人說過：所謂「和平」，不過是兩次戰爭之間的時日。

但是，過了幾天，阿金就不再看見了，我猜想是被她自己的主人所回復。補了她的缺的是一個胖胖的，臉上很有些福相和雅氣的娘姨，已經二十多天，還很安靜，只叫了賣唱的兩個窮人唱過一回「奇葛隆冬強」的〈十八摸〉之類，那是她用「自食其力」的餘閒，享點清福，誰也沒有話說的。只可惜那時又招集了一群男男女女，連阿金的愛人也在內，保不定什麼時候又會發生巷戰。但我卻也叨光聽到了男嗓子的上低音（barytone）的歌聲，覺得很自然，比絞死貓兒似的〈毛毛雨〉要好得天差地遠。

阿金的相貌是極其平凡的。所謂平凡，就是很普通，很難記住，不到一個月，我就說不出她究竟是怎麼一副模樣來了。但是我還討厭她，想到「阿金」這兩個字就討厭；在鄰近鬧嚷一下當然不會成這麼深仇重怨，我的討厭她是因為不消幾日，她就搖動了我三十年來的信念和主張。

我一向不相信昭君出塞會安漢，木蘭從軍就可以保隋；也不信妲己亡殷，西施沼吳，楊妃亂唐的那些古老話。我以為在男權社會裡，女人是決不會有這種大力量的，興亡的責任，都應該男的負。但向來的男性的作者，大抵將敗亡的大罪，推在女性身上，這真是一錢不值的沒有出息的男人。殊不料現在阿金卻以一個貌不出眾，才不驚人的娘姨，不用一個月，就在我眼前攪亂了四分之一里，假使她是一個女王，或者是皇后，皇太后，那麼，其影響也就可以推見了：足夠鬧出大大的亂子來。

昔者孔子「五十而知天命」，我卻為了區區一個阿金，連對於人事也從新疑惑起來了，雖然聖人和凡人不能相比，但也可見阿金的偉力，和我的滿不行。我不想將我的文章的退步，歸罪於阿金的嚷嚷，而且以上的一通議論，也很近於遷怒，但是，近幾時我最討厭阿金，仿佛她塞住了我的一條路，卻是的確的。

願阿金也不能算是中國女性的標本。

十二月二十一日。

《故事新編》序言

這一本很小的集子，從開手寫起到編成，經過的日子卻可以算得很長久了：足足有十三年。

第一篇〈補天〉——原先題作〈不周山〉——還是一九二二年的冬天寫成的。那時的意見，是想從古代和現代都採取題材，來做短篇小說，〈不周山〉便是取了「女媧煉石補天」的神話，動手試作的第一篇。首先，是很認真的，雖然也不過取了弗羅特說，來解釋創造——人和文學的——的緣起。不記得怎麼一來，中途停了筆，去看日報了，不幸正看見了誰——現在忘記了名字——的對於汪靜之君的《蕙的風》的批評，他說要含淚哀求，請青年不要再寫這樣的文字。這可憐的陰險使我感到滑稽，當再寫小說時，就無論如何，止不住有一個古衣冠的小丈夫，在女媧的兩腿之間出現了。這就是從認真陷入了油滑的開端。油滑是創作的大敵，我對於自己很不滿。

我決計不再寫這樣的小說，當編印《吶喊》時，便將它附在卷末，算是一個開始，也就是一個收場。

這時我們的批評家成仿吾先生正在創造社門口的「靈魂的冒險」的旗子底下掄板斧。他以「庸俗」的罪名，幾斧砍殺了《吶喊》，只推〈不周山〉為佳作，——自然也仍有不好的地方。坦白的說罷，這就是使我不但不能心服，而且還輕視了這位勇士的原因。我是不薄「庸俗」，也自甘「庸俗」的；對於歷史小說，則以為博考文獻，言必有據者，縱使有人譏為「教授小說」，其實是很難組織之作，至於只取一點因由，隨意點染，鋪成一篇，倒無需怎樣的手腕；況且「如魚飲水，冷暖自知」，用庸俗的話來說，就是「自家有病自家知」罷：〈不周山〉的後半是很草率的，決不能稱為佳作。倘使讀者相信了這冒險家的話，一定自誤，而我也成了誤人，於是當《吶喊》印行第二版時，即將這一篇刪除；向這位「魂靈」回敬了當頭一棒——我的集子裡，只剩著「庸俗」在跋扈了。

直到一九二六年的秋天，一個人住在廈門的石屋裡，對著大海，翻著古書，四近無生人氣，心裡空空洞洞。而北京的未名社，卻不絕的來信，催促雜誌的文章。這時我不願意想到目前；於是回憶在心裡出土了，寫了十篇《朝花夕拾》；並且仍舊拾取古代的傳說之類，預備足成八則《故事新編》。但剛寫了〈奔月〉

和〈鑄劍〉——發表的那時題為〈眉間尺〉，——我便奔向廣州，這事就又完全擱起了。後來雖然偶爾得到一點題材，作一段速寫，卻一向不加整理。

現在才總算編成了一本書。其中也還是速寫居多，不足稱為「文學概論」之所謂小說。敘事有時也有一點舊書上的根據，有時卻不過信口開河。而且因為自己的對於古人，不及對於今人的誠敬，所以仍不免時有油滑之處。過了十三年，依然並無長進，看起來真也是「無非〈不周山〉之流」；不過並沒有將古人寫得更死，卻也許暫時還有存在的餘地的罷。

一九三五年十二月二十六日，魯迅。

補天

一

女媧忽然醒來了。

伊似乎是從夢中驚醒的，然而已經記不清做了什麼夢；只是很懊惱，覺得有什麼不足，又覺得有什麼太多了。煽動的和風，暖暾的將伊的氣力吹得彌漫在宇宙裡。

伊揉一揉自己的眼睛。

粉紅的天空中，曲曲折折的漂著許多條石綠色的浮雲，星便在那後面忽明忽滅的眼。天邊的血紅的雲彩裡有一個光芒四射的太陽，如流動的金球包在荒古的熔岩中；那一邊，卻是一個生鐵一般的冷而且白的月亮。然而伊並不理會誰是下去，和誰是上來。

地上都嫩綠了，便是不很換葉的松柏也顯得格外的嬌嫩。桃紅和青白色的斗大的雜花，在眼前還分明，到遠處可就成為斑斕的煙靄了。

「唉唉，我從來沒有這樣的無聊過！」伊想著，猛然間站立起來了，擎上那非常圓滿而精力洋溢的臂膊，向天打一個欠伸，天空便突然失了色，化為神異的肉紅，暫時再也辨不出伊所在的處所。

伊在這肉紅色的天地間走到海邊，全身的曲線都消融在淡玫瑰似的光海裡，直到身中央才濃成一段純白。波濤都驚異，起伏得很有秩序了，然而浪花濺在伊身上。這純白的影子在海水裡動搖，彷彿全體都正在四面八方的迸散。但伊自己並沒有見，只是不由的跪下一足，伸手掬起帶水的軟泥來，同時又揉捏幾回，便有一個和自己差不多的小東西在兩手裡。

「阿，阿！」伊固然以為是自己做的，但也疑心這東西就白薯似的原在泥土裡，禁不住很詫異了。

然而這詫異使伊喜歡，以未曾有的勇往和愉快繼續著伊的事業，呼吸吹噓著，汗混和著……

「Nga！nga！」那些小東西可是叫起來了。

「阿！阿！」伊又吃了驚，覺得全身的毛孔中無不有什麼東西飛散，於是地上便罩滿了乳白色的煙雲，伊才定了神，那些小東西也住了口。

「Akon，Agon！」有些東西向伊說。

「阿阿，可愛的寶貝。」伊看定他們，伸出帶著泥土的手指去撥他肥白的臉。

「Uvu，Ahaha！」他們笑了。這是伊第一回在天地間看見的笑，於是自己也第一回笑得合不上嘴唇來。

伊一面撫弄他們，一面還是做，被做的都在伊的身邊打圈，但他們漸漸的走得遠，說得多了，伊也漸漸的懂不得，只覺得耳朵邊滿是嘈雜的嚷，嚷得頗有些頭昏。

伊在長久的歡喜中，早已帶著疲乏了。幾乎吹完了呼吸，流完了汗，而況又頭昏，兩眼便蒙朧起來，兩頰也漸漸的發了熱，自己覺得無所謂了，而且不耐煩。然而伊還是照舊的不歇手，不自覺的只是做。

終於，腰腿的酸痛逼得伊站立起來，倚在一座較為光滑的高山上，仰面一看，滿天是魚鱗樣的白雲，下面則是黑壓壓的濃綠。伊自己也不知道怎樣，總覺得左右不如意了，便焦躁的伸出手去，信手一拉，拔起一株從山上長到天邊的紫藤，一房一房的剛開著大不可言的紫花，伊一揮，那藤便橫搭在地面上，遍地散滿了半紫半白的花瓣。

伊接著一擺手，紫藤便在泥和水裡一翻身，同時也濺出拌著水的泥土來，待到落在地上，就成了許多伊先前做過了一般的小東西，只是大半呆頭呆腦，獐頭鼠目的有些討厭。然而伊不暇理會這等事了，單是有趣而且煩躁，夾著惡作劇的將手只是掄，愈掄愈飛速了，那藤便拖泥帶水的在地上滾，像一條給沸水燙傷了的赤練蛇。泥點也就暴雨似的從藤身上飛濺開來，還在空中便成了哇哇地啼哭的小東西，爬來爬去的撒得滿地。

伊近於失神了，更其掄，但是不獨腰腿痛，連兩條臂膊也都乏了力，伊於是不由的蹲下身子去，將頭靠著高山，頭髮漆黑的搭在山頂上，喘息一回之後，嘆一口氣，兩眼就合上了。紫藤從伊的手裡落了下來，也困頓不堪似的懶洋洋的躺在地面上。

二

轟！！！

在這天崩地塌價的聲音中，女媧猛然醒來，同時也就向東南方直溜下去了。伊伸了腳想踏住，然而什麼也踹不到，連忙一舒臂揪住了山峰，這才沒有再向下滑的形勢。

但伊又覺得水和沙石都從背後向伊頭上和身邊滾潑過去了，略一回頭，便灌了一口和兩耳朵的水，伊趕緊低了頭，又只見地面不住的動搖。幸而這動搖也似乎平靜下去了，伊向後一移，坐穩了身子，這才挪出手來拭去額角上和眼睛邊的水。細看是怎樣的情形。

情形很不清楚，遍地是瀑布般的流水；大概是海裡罷，有幾處更站起很尖的波浪來。伊只得呆呆的等著。

可是終於大平靜了，大波不過高如從前的山，像是陸地的處所便露出棱棱的石骨。伊正向海上看，只見幾座山奔流過來，一面又在波浪堆裡打鏇子。伊恐怕那些山碰了自己的腳，便伸手將他們撮住，望那山坳裡，還伏著許多未曾見過的東西。

伊將手一縮，拉近山來仔細的看，只見那些東西旁邊的地上吐得很狼藉，似乎是金玉的粉末，又夾雜些嚼碎的松柏葉和魚肉。他們也慢慢的陸續抬起頭來了，女媧圓睜了眼睛，好容易才省悟到這便是自己先前所做的小東西，只是怪模怪樣的已經都用什麼包了身子，有幾個還在臉的下半截長著雪白的毛毛了，雖然被海水粘得像一片尖尖的白楊葉。

「阿，阿！」伊詫異而且害怕的叫，皮膚上都起粟，就像觸著一支毛刺蟲。

「上真救命……」一個臉的下半截長著白毛的昂了頭，一面嘔吐，一面斷斷續續的說，「救命……臣等……是學仙的。誰料壞劫到來，天地分崩了。……現在幸而……遇到上真，……請救蟻命，……並賜仙……仙藥……」他於是將頭一起一落的做出異樣的舉動。

伊都茫然，只得又說，「什麼？」

他們中的許多也都開口了，一樣的是一面嘔吐，一面「上真上真」的只是嚷，接著又都做出異樣的舉動。伊被他們鬧得心煩，頗後悔這一拉，竟至於惹了莫名其妙的禍。伊無法可想的向四處看，便看見有一隊巨鼇正在海面上游玩，伊不由的喜出望外了，立刻將那些山都擱在他們的脊梁上，囑咐道，「給我駝到平穩點的地方去罷！」巨鼇們似乎點一點頭，成群結隊的駝遠了。可是先前拉得過於猛，以致從山上摔下一個臉有白毛的來，此時趕不上，又不會鳧水，便伏在海邊自己打嘴巴。這倒使女媧覺得可憐了，然而也不管，因為伊實在也沒有工夫來管這些事。

伊噓一口氣，心地較為輕鬆了，再轉過眼光來看自己的身邊，流水已經退得不少，處處也露出廣闊的土石，石縫裡又嵌著許多東西，有的是直挺挺的了，有的卻還在動。伊瞥見有一個正在白著眼睛呆看伊；那是遍身多用鐵片包起來的，臉上的神情似乎很失望而且害怕。

「那是怎麼一回事呢？」伊順便的問。

「嗚呼，天降喪。」那一個便淒涼可憐的說，「顓頊不道，抗我後，我後躬行天討，戰於郊，天不祐德，我師反走，……」

「什麼？」伊向來沒有聽過這類話，非常詫異了。

「我師反走，我後爰以厥首觸不周之山，折天柱，絕地維，我後亦殂落。嗚呼，是實惟……」

「夠了夠了，我不懂你的意思。」伊轉過臉去了，卻又看見一個高興而且驕傲的臉，也多用鐵片包了全身的。

「那是怎麼一回事呢？」伊到此時才知道這些小東西竟會變這麼花樣不同的臉，所以也想問出別樣的可懂的答話來。

「人心不古，康回實有豕心，覷天位，我後躬行天討，戰於郊，天實祐德，我師攻戰無敵，殛康回於不周之山。」

「什麼？」伊大約仍然沒有懂。

「人心不古，……」

「夠了夠了，又是這一套！」伊氣得從兩頰立刻紅到耳根，火速背轉頭，另外去尋覓，好容易才看見一個不包鐵片的東西，身子精光，帶著傷痕還在流血，只是腰間卻也圍著一塊破布片。他正從別一個直挺挺的東西的腰間解下那破布來，慌忙繫上自己的腰，但神色倒也很平淡。

伊料想他和包鐵片的那些是別一種，應該可以探出一些頭緒了，便問道：

「那是怎麼一回事呢？」

「那是怎麼一回事呵。」他略一抬頭，說。

「那剛才鬧出來的是？……」

「那剛才鬧出來的麼？」

「是打仗罷？」伊沒有法，只好自己來猜測了。

「打仗罷？」然而他也問。

女媧倒抽了一口冷氣，同時也仰了臉去看天。天上一條大裂紋，非常深，也非常闊。伊站起來，用指甲去一彈，一點不清脆，竟和破碗的聲音相差無幾了。伊皺著眉心，向四面察看一番，又想了一會，便擰去頭髮裡的水，分開了搭在左右肩膀上，打起精神來向各處拔蘆柴：伊已經打定了「修補起來再說」的主意了。

伊從此日日夜夜堆蘆柴，柴堆高多少，伊也就瘦多少，因為情形不比先前，——仰面是歪斜開裂的天，低頭是齷齪破爛的地，毫沒有一些可以賞心悅目的東西了。

蘆柴堆到裂口，伊才去尋青石頭。當初本想用和天一色的純青石的，然而地上沒有這麼多，大山又捨不得用，有時到熱鬧處所去尋些零碎，看見的又冷笑，痛罵，或者搶回去，甚而至於還咬伊的手。伊於是只好攙些白石，再不夠，便湊上些紅黃的和灰黑的，後來總算將就的填滿了裂口，止要一點火，一熔化，事情便完成，然而伊也累得眼花耳響，支援不住了。

「唉唉，我從來沒有這樣的無聊過。」伊坐在一座山頂上，兩手捧著頭，上氣不接下氣的說。

這時崑崙山上的古森林的大火還沒有熄，西邊的天際都通紅。伊向西一瞟，決計從那裡拿過一株帶火的大樹來點蘆柴積，正要伸手，又覺得腳趾上有什麼東西刺著了。

伊順下眼去看，照例是先前所做的小東西，然而更異樣了，累累墜墜的用什麼布似的東西掛了一身，腰間又格外掛上十幾條布，頭上也罩著些不知什麼，頂上是一塊烏黑的小小的長方板，手裡拿著一片物件，刺伊腳趾的便是這東西。

那頂著長方板的卻偏站在女媧的兩腿之間向上看，見伊一順眼，便倉皇的將那小片遞上來了。伊接過來看時，是一條很光滑的青竹片，上面還有兩行黑色的細點，比槲樹葉上的黑斑小得多。伊倒也很佩服這手段的細巧。

「這是什麼？」伊還不免於好奇，又忍不住要問了。

頂長方板的便指著竹片，背誦如流的說道，「裸裎淫佚，失德蔑禮敗度，禽獸行。國有常刑，惟禁！」

女媧對那小方板瞪了一眼，倒暗笑自己問得太悖了，伊本已知道和這類東西扳談，照例是說不通的，於是不再開口，隨手將竹片擱在那頭頂上面的方板上，回手便從火樹林裡抽出一株燒著的大樹來，要向蘆柴堆上去點火。

忽而聽到嗚嗚咽咽的聲音了，可也是聞所未聞的玩藝，伊姑且向下再一瞟，卻見方板底下的小眼睛裡含著兩粒比芥子還小的眼淚。因為這和伊先前聽慣的「nga nga」的哭聲大不同了，所以竟不知道這也是一種哭。

伊就去點上火，而且不止一地方。

火勢並不旺，那蘆柴是沒有乾透的，但居然也烘烘的響，很久很久，終於伸出無數火焰的舌頭來，一伸一縮的向上舔，又很久，便合成火焰的重台花，又成了火焰的柱，赫赫的壓倒了崑崙山上的紅光。大風忽地起來，火柱旋轉著發吼，青的和雜色的石塊都一色通紅了，飴糖似的流布在裂縫中間，像一條不滅的閃電。

風和火勢卷得伊的頭髮都四散而且旋轉，汗水如瀑布一般奔流，大光焰烘托了伊的身軀，使宇宙間現出最後的肉紅色。

火柱逐漸上升了，只留下一堆蘆柴灰。伊待到天上一色青碧的時候，才伸手去一摸，指面上卻覺得還很有些參差。

「養回了力氣，再來罷。……」伊自己想。

伊於是彎腰去捧蘆灰了，一捧一捧的填在地上的大水裡，蘆灰還未冷透，蒸得水澌澌的沸湧，灰水潑滿了伊的周身。大風又不肯停，夾著灰撲來，使伊成了灰土的顏色。

「吁！……」伊吐出最後的呼吸來。

天邊的血紅的雲彩裡有一個光芒四射的太陽，如流動的金球包在荒古的熔岩中；那一邊，卻是一個生鐵一般的冷而且白的月亮。但不知道誰是下去和誰是上來。這時候，伊的以自己用盡了自己一切的軀殼，便在這中間躺倒，而且不再呼吸了。

上下四方是死滅以上的寂靜。

三

有一日，天氣很寒冷，卻聽到一點喧囂，那是禁軍終於殺到了，因為他們等候著望不見火光和煙塵的時候，所以到得遲。他們左邊一柄黃斧頭，右邊一柄黑斧頭，後面一柄極大極古的大纛，躲躲閃閃的攻到女媧死屍的旁邊，卻並不見有什麼動靜。他們就在死屍的肚皮上紮了寨，因為這一處最膏腴，他們檢選這些事是很伶俐的。然而他們卻突然變了口風，說惟有他們是女媧的嫡派，同時也就改換了大纛旗上的科斗字，寫道「女媧氏之腸」。

落在海岸上的老道士也傳了無數代了。他臨死的時候，才將仙山被巨鼇背到海上這一件要聞傳授徒弟，徒弟又傳給徒孫，後來一個方士想討好，竟奏聞了秦始皇，秦始皇便教方士去尋去。

方士尋不到仙山，秦始皇終於死掉了；漢武帝又教尋，也一樣的沒有影。

大約巨鼇們是並沒有懂得女媧的話的，那時不過偶而湊巧的點了點頭。糢糢糊糊的背了一程之後，大家便走散去睡覺，仙山也就跟著沉下了，所以直到現在，總沒有人看見半座神仙山，至多也不外乎發見了若干野蠻島。

一九二二年十一月作。

奔月

一

聰明的牲口確乎知道人意，剛剛望見宅門，那馬便立刻放緩腳步了，並且和它背上的主人同時垂了頭，一步一頓，像搗米一樣。

暮靄籠罩了大宅，鄰屋上都騰起濃黑的炊煙，已經是晚飯時候。家將們聽得馬蹄聲，早已迎了出來，都在宅門外垂著手直挺挺地站著。羿在垃圾堆邊懶懶地下了馬，家將們便接過韁繩和鞭子去。他剛要跨進大門，低頭看看掛在腰間的滿壺的簇新的箭和網裡的三匹烏老鴉和一匹射碎了的小麻雀，心裡就非常躊躕。但到底硬著頭皮，大踏步走進去了；箭在壺裡豁朗豁朗地響著。

剛到內院，他便見嫦娥在圓窗裡探了一探頭。他知道她眼睛快，一定早瞧見那幾匹烏鴉的了，不覺一嚇，腳步登時也一停，——但只得往裡走。使女們都迎出來，給他卸了弓箭，解下網兜。他仿佛覺得她們都在苦笑。

「太太……。」他擦過手臉，走進內房去，一面叫。

嫦娥正在看著圓窗外的暮天，慢慢回過頭來，似理不理的向他看了一眼，沒有答應。這種情形，羿倒久已習慣的了，至少已有一年多。他仍舊走近去，坐在對面的鋪著脫毛的舊豹皮的木榻上，搔著頭皮，支支吾吾地說——

「今天的運氣仍舊不見佳，還是只有烏鴉……。」

「哼！」嫦娥將柳眉一揚，忽然站起來，風似的往外走，嘴裡咕嚕著，「又是烏鴉的炸醬麵，又是烏鴉的炸醬麵！你去問問去，誰家是一年到頭只吃烏鴉肉的炸醬麵的？我真不知道是走了什麼運，竟嫁到這裡來，整年的就吃烏鴉的炸醬麵！」

「太太，」羿趕緊也站起，跟在後面，低聲說，「不過今天倒還好，另外還射了一匹麻雀，可以給你做菜的。女辛！」他大聲地叫使女，「你把那一匹麻雀拿過來請太太看！」

野味已經拿到廚房裡去了，女辛便跑去挑出來，兩手捧著，送在嫦娥的眼前。

「哼！」她瞥了一眼，慢慢地伸手一捏，不高興地說，「一團糟！不是全都粉碎了麼？肉在那裡？」

「是的，」羿很惶恐，「射碎的。我的弓太強，箭頭太大了。」
「你不能用小一點的箭頭的麼？」
「我沒有小的。自從我射封豕長蛇……。」
「這是封豕長蛇麼？」她說著，一面回轉頭去對著女辛道，「放一碗湯罷！」便又退回房裡去了。

只有羿呆呆地留在堂屋裡，靠壁坐下，聽著廚房裡柴草爆炸的聲音。他回憶當年的封豕是多麼大，遠遠望去就像一坐小土岡，如果那時不去射殺它，留到現在，足可以吃半年，又何用天天愁飯菜。還有長蛇，也可以做羹喝……。

女乙來點燈了，對面牆上掛著的彤弓，彤矢，盧弓，盧矢，弩機，長劍，短劍，便都在昏暗的燈光中出現。羿看了一眼，就低了頭，嘆一口氣；只見女辛搬進夜飯來，放在中間的案上，左邊是五大碗白麵；右邊兩大碗，一碗湯；中央是一大碗烏鴉肉做的炸醬。

羿吃著炸醬麵，自己覺得確也不好吃；偷眼去看嫦娥，她炸醬是看也不看，只用湯泡了麵，吃了半碗，又放下了。他覺得她臉上仿佛比往常黃瘦些，生怕她生了病。

到二更時，她似乎和氣一些了，默坐在床沿上喝水。羿就坐在旁邊的木榻上，手摩著脫毛的舊豹皮。

「唉，」他和藹地說，「這西山的文豹，還是我們結婚以前射得的，那時多麼好看，全體黃金光。」他於是回想當年的食物，熊是只吃四個掌，駝留峰，其餘的就都賞給使女和家將們。後來大動物射完了，就吃野豬兔山雞；射法又高強，要多少有多少。「唉，」他不覺嘆息，「我的箭法真太巧妙了，竟射得遍地精光。那時誰料到只剩下烏鴉做菜……。」

「哼。」嫦娥微微一笑。

「今天總還要算運氣的，」羿也高興起來，「居然獵到一隻麻雀。這是遠繞了三十里路才找到的。」

「你不能走得更遠一點的麼？！」

「對。太太。我也這樣想。明天我想起得早些。倘若你醒得早，那就叫醒我。我準備再遠走五十里，看看可有些獐子兔子。……但是，怕也難。當我射封豕長蛇的時候，野獸是那麼多。你還該記得罷，丈母的門前就常有黑熊走過，叫我去射了好幾回……。」

「是麼？」嫦娥似乎不大記得。

「誰料到現在竟至於精光的呢。想起來，真不知道將來怎麼過日子。我呢，倒不要緊，只要將那道士送給我的金丹吃下去，就會飛升。但是我第一先得替你打算，……所以我決計明天再走得遠一點……。」

「哼。」嫦娥已經喝完水，慢慢躺下，合上眼睛了。

殘膏的燈火照著殘妝，粉有些褪了，眼圈顯得微黃，眉毛的黛色也彷彿兩邊不一樣。但嘴唇依然紅得如火；雖然並不笑，頰上也還有淺淺的酒窩。

「唉唉，這樣的人，我就整年地只給她吃烏鴉的炸醬麵……。」羿想著，覺得慚愧，兩頰連耳根都熱起來。

二

過了一夜就是第二天。

羿忽然睜開眼睛，只見一道陽光斜射在西壁上，知道時候不早了；看看嫦娥，兀自攤開了四肢沉睡著。他悄悄地披上衣服，爬下豹皮榻，躄出堂前，一面洗臉，一面叫女庚去吩咐王升備馬。

他因為事情忙，是早就廢止了朝食的；女乙將五個炊餅，五株蔥和一包辣醬都放在網兜裡，並弓箭一齊替他繫在腰間。他將腰帶緊了一緊，輕輕地跨出堂外面，一面告訴那正從對面進來的女庚道——

「我今天打算到遠地方去尋食物去，回來也許晚一些。看太太醒後，用過早點心，有些高興的時候，你便去稟告，說晚飯請她等一等，對不起得很。記得麼？你說：對不起得很。」

他快步出門，跨上馬，將站班的家將們扔在腦後，不一會便跑出村莊了。前面是天天走熟的高粱田，他毫不注意，早知道什麼也沒有的。加上兩鞭，一徑飛奔前去，一氣就跑了六十里上下，望見前面有一簇很茂盛的樹林，馬也喘氣不迭，渾身流汗，自然慢下去了。大約又走了十多里，這才接近樹林，然而滿眼是胡蜂，粉蝶，螞蟻，蚱蜢，那裡有一點禽獸的蹤跡。他望見這一塊新地方時，本以為至少總可以有一兩匹狐兒兔兒的，現在才知道又是夢想。他只得繞出樹林，看那後面卻又是碧綠的高粱田，遠處散點著幾間小小的土屋。風和日暖，鴉雀無聲。

「倒楣！」他儘量地大叫了一聲，出出悶氣。

但再前行了十多步，他即刻心花怒放了，遠遠地望見一間土屋外面的平地上，的確停著一匹飛禽，一步一啄，像是很大的鴿子。他慌忙拈弓搭箭，引滿弦，將手一放，那箭便流星般出去了。

這是無須遲疑的，向來有發必中；他只要策馬跟著箭路飛跑前去，便可以拾得獵物。誰知道他將要臨近，卻已有一個老婆子捧著帶箭的大鴿子，大聲嚷著，正對著他的馬頭搶過來。

「你是誰哪？怎麼把我家的頂好的黑母雞射死了？你的手怎的有這麼閒哪？……」

羿的心不覺跳了一跳，趕緊勒住馬。

「阿呀！雞麼？我只道是一隻鵓鴣。」他惶恐地說。

「瞎了你的眼睛！看你也有四十多歲了罷。」

「是的。老太太。我去年就有四十五歲了。」

「你真是枉長白大！連母雞也不認識，會當作鵓鴣！你究竟是誰哪？」

「我就是夷羿。」他說著，看看自己所射的箭，是正貫了母雞的心，當然死了，末後的兩個字便說得不大響亮；一面從馬上跨下來。

「夷羿？……誰呢？我不知道。」她看著他的臉，說。

「有些人是一聽就知道的。堯爺的時候，我曾經射死過幾匹野豬，幾條蛇……。」

「哈哈，騙子！那是逢蒙老爺和別人合夥射死的。也許有你在內罷；但你倒說是你自己了，好不識羞！」

「阿阿，老太太。逢蒙那人，不過近幾年時常到我那裡來走走，我並沒有和他合夥，全不相干的。」

「說誑。近來常有人說，我一月就聽到四五回。」

「那也好。我們且談正經事罷。這雞怎麼辦呢？」

「賠。這是我家最好的母雞，天天生蛋。你得賠我兩柄鋤頭，三個紡錘。」

「老太太，你瞧我這模樣，是不耕不織的，那裡來的鋤頭和紡錘。我身邊又沒有錢，只有五個炊餅，倒是白麵做的，就拿來賠了你的雞，還添上五株蔥和一包甜辣醬。你以為怎樣？……」他一隻手去網兜裡掏炊餅，伸出那一隻手去取雞。

老婆子看見白麵的炊餅，倒有些願意了，但是定要十五個。磋商的結果，好容易才定為十個，約好至遲明天正午送到，就用那射雞的箭作抵押。羿這時才放了心，將死雞塞進網兜裡，跨上鞍轎，回馬就走，雖然肚餓，心裡卻很喜歡，他們不喝雞湯實在已經有一年多了。

他繞出樹林時，還是下午，於是趕緊加鞭向家裡走；但是馬力乏了，剛到走慣的高粱田近旁，已是黃昏時候。只見對面遠處有人影子一閃，接著就有一枝箭忽地向他飛來。

羿並不勒住馬，任它跑著，一面卻也拈弓搭箭，只一發，只聽得錚的一聲，箭尖正觸著箭尖，在空中發出幾點火花，兩枝箭便向上擠成一個「人」字，又翻身落在地上了。第一箭剛剛相觸，兩面立刻又來了第二箭，還是錚的一聲，相觸在半空中。那樣地射了九箭，羿的箭都用盡了；但他這時已經看清逢蒙得意地站在對面，卻還有一枝箭搭在弦上正在瞄準他的咽喉。

「哈哈，我以為他早到海邊摸魚去了，原來還在這些地方幹這些勾當，怪不得那老婆子有那些話……。」羿想。

那時快，對面是弓如滿月，箭似流星。颼的一聲，徑向羿的咽喉飛過來。也許是瞄準差了一點了，卻正中了他的嘴；一個筋斗，他帶箭掉下馬去了，馬也就站住。

逢蒙見羿已死，便慢慢地蹩過來，微笑著去看他的死臉，當作喝一杯勝利的白乾。

剛在定睛看時，只見羿張開眼，忽然直坐起來。

「你真是白來了一百多回。」他吐出箭，笑著說，「難道連我的『齧鏃法』都沒有知道麼？這怎麼行。你鬧這些小玩藝兒是不行的，偷去的拳頭打不死本人，要自己練練才好。」

「即以其人之道，反諸其人之身……。」勝者低聲說。

「哈哈哈！」他一面大笑，一面站了起來，「又是引經據典。但這些話你只可以哄哄老婆子，本人面前搗什麼鬼？俺向來就只是打獵，沒有弄過你似的剪徑的玩藝兒……。」他說著，又看看網兜裡的母雞，倒並沒有壓壞，便跨上馬，逕自走了。

「……你打了喪鐘！……」遠遠地還送來叫　　。

「真不料有這樣沒出息。青青年紀，倒學會了詛咒，怪不得那老婆子會那麼相信他。」羿想著，不覺在馬上絕望地搖了搖頭。

三

還沒有走完高粱田，天色已經昏黑；藍的空中現出明星來，長庚在西方格外燦爛。馬只能認著白色的田塍走，而且早已筋疲力竭，自然走得更慢了。幸而月亮卻在天際漸漸吐出銀白的清輝。

「討厭！」羿聽到自己的肚子裡骨碌骨碌地響了一陣，便在馬上焦躁了起來。「偏是謀生忙，便偏是多碰到些無聊事，白費工夫！」他將兩腿在馬肚子上一磕，催它快走，但馬卻只將後半身一扭，照舊地慢騰騰。

「嫦娥一定生氣了，你看今天多麼晚。」他想。「說不定要裝怎樣的臉給我看哩。但幸而有這一隻小母雞，可以引她高興。我只要說：太太，這是我來回跑了二百里路才找來的。不，不好，這話似乎太逞能。」

他望見人家的燈火已在前面，一高興便不再想下去了。馬也不待鞭策，自然飛奔。圓的雪白的月亮照著前途，涼風吹臉，真是比大獵回來時還有趣。

馬自然而然地停在垃圾堆邊；羿一看，彷彿覺得異樣，不知怎地似乎家裡亂毿毿。迎出來的也只有一個趙富。

「怎的？王升呢？」他奇怪地問。
「王升到姚家找太太去了。」
「什麼？太太到姚家去了麼？」羿還呆坐在馬上，問。
「喳……。」他一面答應著，一面去接馬韁和馬鞭。
羿這才爬下馬來，跨進門，想了一想，又回過頭去問道——
「不是等不迭了，自己上飯館去了麼？」
「喳。三個飯館，小的都去問過了，沒有在。」
羿低了頭，想著，往裡面走，三個使女都惶惑地聚在堂前。他便很詫異，大聲的問道——
「你們都在家麼？姚家，太太一個人不是向來不去的麼？」
她們不回答，只看看他的臉，便來給他解下弓袋和箭壺和裝著小母雞的網兜。羿忽然心驚肉跳起來，覺得嫦娥是因為氣忿尋了短見了，便叫女庚去叫趙富來，要他到後園的池裡樹上去看一遍。但他一跨進房，便知道這推測是不確的了：房裡也很亂，衣箱是開著，向床裡一看，首先就看出失少了首飾箱。他這時正如頭上淋了一盆冷水，金珠自然不算什麼，然而那道士送給他的仙藥，也就放在這首飾箱裡的。

羿轉了兩個圓圈，才看見王升站在門外面。

「回老爺，」王升說，「太太沒有到姚家去；他們今天也不打牌。」

羿看了他一眼，不開口。王升就退出去了。

「老爺叫？……」趙富上來，問。

羿將頭一搖，又用手一揮，叫他也退出去。

羿又在房裡轉了幾個圈子，走到堂前，坐下，仰頭看著對面壁上的彤弓，彤矢，盧弓，盧矢，弩機，長劍，短劍，想了些時，才問那呆立在下面的使女們道——

「太太是什麼時候不見的？」

「掌燈時候就不看見了，」女乙說，「可是誰也沒見她走出去。」

「你們可見太太吃了那箱裡的藥沒有？」

「那倒沒有見。但她下午要我倒水喝是有的。」

羿急得站了起來，他似乎覺得，自己一個人被留在地上了。

「你們看見有什麼向天上飛升的麼？」他問。

「哦！」女辛想了一想，大悟似的說，「我點了燈出去的時候，的確看見一個黑影向這邊飛去的，但我那時萬想不到是太太……。」於是她的臉色蒼白了。

「一定是了！」羿在膝上一拍，即刻站起，走出屋外去，回頭問著女辛道，「那邊？」

女辛用手一指，他跟著看去時，只見那邊是一輪雪白的圓月，掛在空中，其中還隱約現出樓臺，樹木；當他還是孩子時候祖母講給他聽的月宮中的美景，他依稀記得起來了。他對著浮游在碧海裡似的月亮，覺得自己的身子非常沉重。

他忽然憤怒了。從憤怒裡又發了殺機，圓睜著眼睛，大聲向使女們叱吒道——

「拿我的射日弓來！和三枝箭！」

女乙和女庚從堂屋中央取下那強大的弓，拂去塵埃，並三枝長箭都交在他手裡。

他一手拈弓，一手捏著三枝箭，都搭上去，拉了一個滿弓，正對著月亮。身子是岩石一般挺立著，眼光直射，閃閃如岩下電，鬚髮開張飄動，像黑色火，這一瞬息，使人彷佛想見他當年射日的雄姿。

颼的一聲，——只一聲，已經連發了三枝箭，剛發便搭，一搭又發，眼睛不及看清那手法，耳朵也不及分別那聲音。本來對面是雖然受了三枝箭，應該都聚在一處的，因為箭箭相銜，不差絲發。但他為必中起見，這時卻將手微微一動，使箭到時分成三點，有三個傷。

使女們發一聲喊，大家都看見月亮只一抖，以為要掉下來了，——但卻還是安然地懸著，發出和悅的更大的光輝，似乎毫無傷損。

「呔！」羿仰天大喝一聲，看了片刻；然而月亮不理他。他前進三步，月亮便退了三步；他退三步，月亮卻又照數前進了。

他們都默著，各人看各人的臉。

羿懶懶地將射日弓靠在堂門上，走進屋裡去。使女們也一齊跟著他。

「唉，」羿坐下，嘆一口氣，「那麼，你們的太太就永遠一個人快樂了。她竟忍心撇了我獨自飛升？莫非看得我老起來了？但她上月還說：並不算老，若以老人自居，是思想的墮落。」

「這一定不是的。」女乙說，「有人說老爺還是一個戰士。」

「有時看去簡直好像藝術家。」女辛說。

「放屁！——不過烏老鴉的炸醬麵確也不好吃，難怪她忍不住……。」

「那豹皮褥子脫毛的地方，我去剪一點靠牆的腳上的皮來補一補罷，怪不好看的。」女辛就往房裡走。

「且慢，」羿說著，想了一想，「那倒不忙。我實在餓極了，還是趕快去做一盤辣子雞，烙五斤餅來，給我吃了好睡覺。明天再去找那道士要一服仙藥，吃了追上去罷。女庚，你去吩咐王升，叫他量四升白豆喂馬！」

一九二六年十二月作。

理水

一

這時候是「湯湯洪水方割，浩浩懷山襄陵」；舜爺的百姓，倒並不都擠在露出水面的山頂上，有的捆在樹頂，有的坐著木排，有些木排上還搭有小小的板棚，從岸上看起來，很富於詩趣。

遠地裡的消息，是從木排上傳過來的。大家終於知道鯀大人因為治了九整年的水，什麼效驗也沒有，上頭龍心震怒，把他充軍到羽山去了，接任的好像就是他的兒子文命少爺，乳名叫作阿禹。

災荒得久了，大學早已解散，連幼稚園也沒有地方開，所以百姓們都有些混混沌沌。只在文化山上，還聚集著許多學者，他們的食糧，是都從奇肱國用飛車運來的，因此不怕缺乏，因此也能夠研究學問。然而他們裡面，大抵是反對禹的，或者簡直不相信世界上真有這個禹。

每月一次，照例的半空中要歘歘的發響，愈響愈厲害，飛車看得清楚了，車上插一張旗，畫著一個黃圓圈在發毫光。離地五尺，就掛下幾隻籃子來，別人可不知道裡面裝的是什麼，只聽得上下在講話：

「古貌林！」

「好杜有圖！」

「古魯幾哩……」

「ＯＫ！」

飛車向奇肱國疾飛而去，天空中不再留下微聲，學者們也靜悄悄，這是大家在吃飯。獨有山周圍的水波，撞著石頭，不住的澎湃的在發響。午覺醒來，精神百倍，於是學說也就壓倒了濤聲了。

「禹來治水，一定不成功，如果他是鯀的兒子的話，」一個拿拄杖的學者說。「我曾經搜集了許多王公大臣和豪富人家的家譜，很下過一番研究工夫，得到一個結論：闊人的子孫都是闊人，壞人的子孫都是壞人——這就叫作『遺傳』。所以，鯀不成功，他的兒子禹一定也不會成功，因為愚人是生不出聰明人來的！」

「ＯＫ！」一個不拿拄杖的學者說。

「不過您要想想咱們的太上皇，」別一個不拿拄杖的學者道。

「他先前雖然有些『頑』，現在可是改好了。倘是愚人，就永遠不會改好……」

「ＯＫ！」

「這這些些都是費話，」又一個學者吃吃的說，立刻把鼻尖脹得通紅。「你們是受了謠言的騙的。其實並沒有所謂禹，『禹』是一條蟲，蟲蟲會治水的嗎？我看鯀也沒有的，『鯀』是一條魚，魚魚會治水水水的嗎？」他說到這裡，把兩腳一蹬，顯得非常用勁。

「不過鯀卻的確是有的，七年以前，我還親眼看見他到崑崙山腳下去賞梅花的。」

「那麼，他的名字弄錯了，他大概不叫『鯀』，他的名字應該叫『人』！至於禹，那可一定是一條蟲，我有許多證據，可以證明他的烏有，叫大家來公評……」

於是他勇猛的站了起來，摸出削刀，刮去了五株大松樹皮，用吃剩的麵包末屑和水研成漿，調了炭粉，在樹身上用很小的蝌蚪文寫上抹殺阿禹的考據，足足化掉了三九廿七天工夫。但是凡有要看的人，得拿出十片嫩榆葉，如果住在木排上，就改給一貝殼鮮水苔。

橫豎到處都是水，獵也不能打，地也不能種，只要還活著，所有的是閒工夫，來看的人倒也很不少。松樹下挨擠了三天，到處都發出嘆息的聲音，有的是佩服，有的是疲勞。但到第四天的正午，一個鄉下人終於說話了，這時那學者正在吃炒麵。

「人裡面，是有叫作阿禹的，」鄉下人說。「況且『禹』也不是蟲，這是我們鄉下人的簡筆字，老爺們都寫作『禺』，是大猴子……」

「人有叫作大大猴子的嗎？……」學者跳起來了，連忙咽下沒有嚼爛的一口面，鼻子紅到發紫，吆喝道。

「有的呀，連叫阿狗阿貓的也有。」

「鳥頭先生，您不要和他去辯論了，」拿拄杖的學者放下麵包，攔在中間，說。「鄉下人都是愚人。拿你的家譜來，」他又轉向鄉下人，大聲道，「我一定會發見你的上代都是愚人……」

「我就從來沒有過家譜……」

「呸，使我的研究不能精密，就是你們這些東西可惡！」

「不過這這也用不著家譜，我的學說是不會錯的。」鳥頭先生更加憤憤的說。「先前，許多學者都寫信來贊成我的學說，那些信我都帶在這裡……」

「不不，那可應該查家譜……」

「但是我竟沒有家譜，」那「愚人」說。「現在又是這麼的人荒馬亂，交通不方便，要等您的朋友們來信贊成，當作證據，真也比螺螄殼裡做道場還難。證據就在眼前：「您叫鳥頭先生，莫非真的是一個鳥兒的頭，並不是人嗎？」

「哼！」鳥頭先生氣忿到連耳輪都發紫了。「你竟這樣的侮辱我！說我不是人！我要和你到皋陶大人那裡去法律解決！如果我真的不是人，我情願大辟——就是殺頭呀，你懂了沒有？要不然，你是應該反坐的。你等著罷，不要動，等我吃完了炒麵。」

「先生，」鄉下人麻木而平靜的回答道，「您是學者，總該知道現在已是午後，別人也要肚子餓的。可恨的是愚人的肚子卻和聰明人的一樣：也要餓。真是對不起得很，我要撈青苔去了，等您上了呈子之後，我再來投案罷。」於是他跳上木排，拿起網兜，撈著水草，泛泛的遠開去了。看客也漸漸的走散，鳥頭先生就紅著耳輪和鼻尖從新吃炒麵，拿拄杖的學者在搖頭。

然而「禹」究竟是一條蟲，還是一個人呢，卻仍然是一個大疑問。

二

禹也真好像是一條蟲。

大半年過去了，奇肱國的飛車已經來過八回，讀過松樹身上的文字的木排居民，十個裡面有九個生了腳氣病，治水的新官卻還沒有消息。直到第十回飛車來過之後，這才傳來了新聞，說禹是確有這麼一個人的，正是鯀的兒子，也確是簡放了水利大臣，三年之前，已從冀州啟節，不久就要到這裡了。

大家略有一點興奮，但又很淡漠，不大相信，因為這一類不甚可靠的傳聞，是誰都聽得耳朵起繭了的。

然而這一回卻又像消息很可靠，十多天之後，幾乎誰都說大臣的確要到了，因為有人出去撈浮草，親眼看見過官船；他還指著頭上一塊烏青的疙瘩，說是為了回避得太慢一點了，吃了一下官兵的飛石：這就是大臣確已到來的證據。這人從此就很有名，也很忙碌，大家都爭先恐後的來看他頭上的疙瘩，幾乎把木排踏沉；後來還經學者們召了他去，細心研究，決定了他的疙瘩確是真疙瘩，於是使鳥頭先生也不能再執成見，只好把考據學讓給別人，自己另去搜集民間的曲子了。

一大陣獨木大舟的到來，是在頭上打出疙瘩的大約二十多天之後，每隻船上有二十名官兵打槳，三十名官兵持矛，前後都是旗幟；剛靠山頂，紳士們和學者們已在岸上列隊恭迎，過了大半天，這才從最大的船裡，有兩位中年的胖胖的大員出現，約略二十個穿虎皮的武士簇擁著，和迎接的人們一同到最高巔的石屋裡去了。

大家在水陸兩面，探頭探腦的悉心打聽，才明白原來那兩位只是考察的專員，卻並非禹自己。

大員坐在石屋的中央，吃過麵包，就開始考察。

「災情倒並不算重，糧食也還可敷衍，」一位學者們的代表，苗民言語學專家說。「麵包是每月會從半空中掉下來的；魚也不缺，雖然未免有些泥土氣，可是很肥，大人。至於那些下民，他們有的是榆葉和海苔，他們『飽食終日，無所用心』，——就是並不勞心，原只要吃這些就夠。我們也嘗過了，味道倒並不壞，特別得很……」

「況且，」別一位研究《神農本草》的學者搶著說，「榆葉裡面是含有維他命W的；海苔裡有碘質，可醫療髣病，兩樣都極合於衛生。」

「OK！」又一個學者說。大員們瞪了他一眼。

「飲料呢，」那《神農本草》學者接下去道，「他們要多少有多少，一萬代也喝不完。可惜含一點黃土，飲用之前，應該蒸餾一下的。敝人指導過許多次了，然而他們冥頑不靈，絕對的不肯照辦，於是弄出數不清的病人來……」

「就是洪水，也還不是他們弄出來的嗎？」一位五綹長須，身穿醬色長袍的紳士又搶著說。「水還沒來的時候，他們懶著不肯填，洪水來了的時候，他們又懶著不肯戽……」

「是之謂失其性靈，」坐在後一排，八字鬍子的伏羲朝小品文學家笑道。「吾嘗登帕米爾之原，天風浩然，梅花開矣，白雲飛矣，金價漲矣，耗子眠矣，見一少年，口銜雪茄，面有蚩尤氏之霧……哈哈哈！沒有法子……」

「OK！」

這樣的談了小半天。大員們都十分用心的聽著，臨末是叫他們合擬一個公呈，最好還有一種條陳，瀝述著善後的方法。

於是大員們下船去了。第二天，說是因為路上勞頓，不辦公，也不見客；第三天是學者們公請在最高峰上賞偃蓋古松，下半天又同往山背後釣黃鱔，一直玩到黃昏。第四天，說是因為考察勞頓了，不辦公，也不見客；第五天的午後，就傳見下民的代表。

下民的代表，是四天以前就在開始推舉的，然而誰也不肯去，說是一向沒有見過官。於是大多數就推定了頭有疙瘩的那一個，以為他曾有見過官的經驗。已經平復下去的疙瘩，這時忽然針刺似的痛起來了，他就哭著一口咬定：做代表，毋寧死！大家把他圍起來，連日連夜的責以大義，說他不顧公益，是利己的個人主義者，將為華夏所不容；激烈點的，還至於捏起拳頭，伸在他的鼻子跟前，要他負這回的水災的責任。他渴睡得要命，心想與其逼死在木排上，還不如冒險去做公益的犧牲，便下了絕大的決心，到第四天，答應了。

大家就都稱讚他，但幾個勇士，卻又有些妒忌。

就是這第五天的早晨，大家一早就把他拖起來，站在岸上聽呼喚。果然，大員們呼喚了。

他兩腿立刻發抖，然而又立刻下了絕大的決心，決心之後，就又打了兩個大呵欠，腫著眼眶，自己覺得好像腳不點地，浮在空中似的走到官船上去了。

奇怪得很，持矛的官兵，虎皮的武士，都沒有打罵他，一直放進了中艙。艙裡鋪著熊皮，豹皮，還掛著幾副弩箭，擺著許多瓶罐，弄得他眼花繚亂。定神一看，才看見在上面，就是自己的對面，坐著兩位胖大的官員。什麼相貌，他不敢看清楚。

「你是百姓的代表嗎？」大員中的一個問道。

「他們叫我上來的。」他眼睛看著鋪在艙底上的豹皮的艾葉一般的花紋，回答說。

「你們怎麼樣？」

「……」他不懂意思，沒有答。

「你們過得還好麼？」

「託大人的鴻福，還好……」他又想了一想，低低的說道，「敷敷衍衍……混混……」

「吃的呢？」

「有，葉子呀，水苔呀……」

「都還吃得來嗎？」

「吃得來的。我們是什麼都弄慣了的，吃得來的。只有些小畜生還要嚷，人心在壞下去哩，媽的，我們就揍他。」

大人們笑起來了，有一個對別一個說道：「這傢伙倒老實。」

這傢伙一聽到稱讚，非常高興，膽子也大了，滔滔的講述道：

「我們總有法子想。比如水苔，頂好是做滑溜翡翠湯，榆葉就做一品當朝羹。剝樹皮不可剝光，要留下一道，那麼，明年春天樹枝梢還是長葉子，有收成。如果託大人的福，釣到了黃鱔……」

然而大人好像不大愛聽了，有一位也接連打了兩個大呵欠，打斷他的講演道：「你們還是合具一個公呈來罷，最好是還帶一個貢獻善後方法的條陳。」

「我們可是誰也不會寫……」他惴惴的說。

「你們不識字嗎？這真叫作不求上進！沒有法子，把你們吃的東西揀一份來就是！」

他又恐懼又高興的退了出來，摸一摸疙瘩疤，立刻把大人的吩咐傳給岸上，樹上和排上的居民，並且大聲叮囑道：「這是送到上頭去的呵！要做得乾淨，細緻，體面呀！……」

所有居民就同時忙碌起來，洗葉子，切樹皮，撈青苔，亂作一團。他自己是鋸木版，來做進呈的盒子。有兩片磨得特別光，連夜跑到山頂上請學者去寫字，一片是做盒子蓋的，求寫「壽山福海」，一片是給自己的木排上做扁額，以志榮幸的，求寫「老實堂」。但學者卻只肯寫了「壽山福海」的一塊。

三

當兩位大員回到京都的時候，別的考察員也大抵陸續回來了，只有禹還在外。他們在家裡休息了幾天，水利局的同事們就在局裡大排筵宴，替他們接風，份子分福祿壽三種，最少也得出五十枚大貝殼。這一天真是車水馬龍，不到黃昏時候，主客就全都到齊了，院子裡卻已經點起庭燎來，鼎中的牛肉香，一直透到門外虎賁的鼻子跟前，大家就一齊咽口水。酒過三巡，大員們就講了一些水鄉沿途的風景，蘆花似雪，泥水如金，黃鱔膏腴，青苔滑溜……等等。微醺之後，才取出大家採集了來的民食來，都裝著細巧的木匣子，蓋上寫著文字，有的是伏羲八卦體，有的是倉頡鬼哭體，大家就先來賞鑑這些字，爭論得幾乎打架之後，才決定以寫著「國泰民安」的一塊為第一，因為不但文字質樸難識，有上古淳厚之風，而且立言也很得體，可以宣付史館的。

評定了中國特有的藝術之後，文化問題總算告一段落，於是來考察盒子的內容了：大家一致稱讚著餅樣的精巧。然而大約酒也喝得太多了，便議論紛紛：有的咬一口松皮餅，極口嘆賞它的清香，說自己明天就要掛冠歸隱，去享這樣的清福；咬了柏葉糕的，卻道質粗味苦，傷了他的舌頭，要這樣與下民共患難，可見為君難，為臣亦不易。有幾個又撲上去，想搶下他們咬過的糕餅來，說不久就要開展覽會募捐，這些都得去陳列，咬得太多是很不雅觀的。

局外面也起了一陣喧嚷。一群乞丐似的大漢，面目黧黑，衣服破舊，竟衝破了斷絕交通的界線，闖到局裡來了。衛兵們大喝一聲，連忙左右交叉了明晃晃的戈，擋住他們的去路。

「什麼？——看明白！」當頭是一條瘦長的莽漢，粗手粗腳的，怔了一下，大聲說。

衛兵們在昏黃中定睛一看，就恭恭敬敬的立正，舉戈，放他們進去了，只攔住了氣喘吁吁的從後面追來的一個身穿深藍土布袍子，手抱孩子的婦女。

「怎麼？你們不認識我了嗎？」她用拳頭揩著額上的汗，詫異的問。

「禹太太，我們怎會不認識您家呢？」

「那麼，為什麼不放我進去的？」

「禹太太，這個年頭兒，不大好，從今年起，要端風俗而正人心，男女有別了。現在那一個衙門裡也不放娘們兒進去，不但這裡，不但您。這是上頭的命令，怪不著我們的。」

禹太太呆了一會，就把雙眉一揚，一面回轉身，一面嚷叫道：

「這殺千刀的！奔什麼喪！走過自家的門口，看也不進來看一下，就奔你的喪！做官做官，做官有什麼好處，仔細像你的老子，做到充軍，還掉在池子裡變大忘八！這沒良心的殺千刀！……」

這時候，局裡的大廳上也早發生了擾亂。大家一望見一群莽漢們奔來，紛紛都想躲避，但看不見耀眼的兵器，就又硬著頭皮，定睛去看。奔來的也臨近了，頭一個雖然面貌黑瘦，但從神情上，也就認識他正是禹；其餘的自然是他的隨員。

這一嚇，把大家的酒意都嚇退了，沙沙的一陣衣裳聲，立刻都退在下面。禹便一徑跨到席上，在上面坐下，大約是大模大樣，或者生了鶴膝風罷，並不屈膝而坐，卻伸開了兩腳，把大腳底對著大員們，又不穿襪子，滿腳底都是栗子一般的老繭。隨員們就分坐在他的左右。

「大人是今天回京的？」一位大膽的屬員，膝行而前了一點，恭敬的問。

「你們坐近一點來！」禹不答他的詢問，只對大家說。「查的怎麼樣？」

大員們一面膝行而前，一面面面相覷，列坐在殘筵的下面，看見咬過的松皮餅和啃光的牛骨頭。非常不自在——卻又不敢叫膳夫來收去。

「稟大人，」一位大員終於說。「倒還像個樣子——印象甚佳。松皮水草，出產不少；飲料呢，那可豐富得很。百姓都很老實，他們是過慣了的。稟大人，他們都是以善於吃苦，馳名世界的人們。」

「卑職可是已經擬好了募捐的計畫，」又一位大員說。「準備開一個奇異食品展覽會，另請女隗小姐來做時裝表演。只賣票，並且聲明會裡不再募捐，那麼，來看的可以多一點。」

「這很好。」禹說著，向他彎一彎腰。

「不過第一要緊的是趕快派一批大木筏去，把學者們接上高原來。」第三位大員說，「一面派人去通知奇肱國，使他們知道我們的尊崇文化，接濟也只要每月送到這邊來就好。學者們有一個公呈在這裡，說的倒也很有意思，他們以為文化是一國的命脈，學者是文化的靈魂，只要文化存在，華夏也就存在，別的一切，倒還在其次……」

「他們以為華夏的人口太多了，」第一位大員道，「減少一些倒也是致太平之道。況且那些不過是愚民，那喜怒哀樂，也決沒有智者所推想的那麼精微的。知人論事，第一要憑主觀。例如莎士比亞……」

「放他媽的屁！」禹心裡想，但嘴上卻大聲的說道：「我經過查考，知道先前的方法：『湮』，確是錯誤了。以後應該用『導』！不知道諸位的意見怎麼樣？」

靜得好像墳山；大員們的臉上也顯出死色，許多人還覺得自己生了病，明天恐怕要請病假了。

「這是蚩尤的法子！」一個勇敢的青年官員悄悄的憤激著。

「卑職的愚見，竊以為大人是似乎應該收回成命的。」一位白鬚白髮的大員，這時覺得天下興亡，繫在他的嘴上了，便把心一橫，置死生於度外，堅決的抗議道：「湮是老大人的成法。『三年無改於父之道，可謂孝矣』──老大人升天還不到三年。」

禹一聲也不響。

「況且老大人化過多少心力呢。借了上帝的息壤，來湮洪水，雖然觸了上帝的惱怒，洪水的深度可也淺了一點了。這似乎還是照例的治下去。」另一位花白鬍鬚的大員說，他是禹的母舅的乾兒子。

禹一聲也不響。

「我看大人還不如『幹父之蠱』，」一位胖大官員看得禹不作聲，以為他就要折服了，便帶些輕薄的大聲說，不過臉上還流出著一層油汗。「照著家法，挽回家聲。大人大約未必知道人們在怎麼講說老大人罷……」

「要而言之，『湮』是世界上已有定評的好法子，」白鬚髮的老官恐怕胖子鬧出岔子來，就搶著說道。「別的種種，所謂『摩登』者也，昔者蚩尤氏就壞在這一點上。」

禹微微一笑：「我知道的。有人說我的爸爸變了黃熊，也有人說他變了三足鱉，也有人說我在求名，圖利。說就是了。我要說的是我查了山澤的情形，徵了百姓的意見，已經看透實情，打定主意，無論如何，非『導』不可！這些同事，也都和我同意的。」

他舉手向兩旁一指。白鬚髮的，花鬚髮的，小白臉的，胖而流著油汗的，胖而不流油汗的官員們，跟著他的指頭看過去，只見一排黑瘦的乞丐似的東西，不動，不言，不笑，像鐵鑄的一樣。

四

禹爺走後，時光也過得真快，不知不覺間，京師的景況日見其繁盛了。首先是闊人們有些穿了繭綢袍，後來就看見大水果鋪裡賣著橘子和柚子，大綢緞店裡掛著華絲葛；富翁的筵席上有了好醬油，清燉魚翅，涼拌海參；再後來他們竟有熊皮褥子狐皮褂，那太太也戴上赤金耳環銀手鐲了。

只要站在大門口，也總有什麼新鮮的物事看：今天來一車竹箭，明天來一批松板，有時抬過了做假山的怪石，有時提過了做魚生的鮮魚；有時是一大群一尺二寸長的大烏龜，都縮了頭裝著竹籠，載在車子上，拉向皇城那面去。

「媽媽，你瞧呀，好大的烏龜！」孩子們一看見，就嚷起來，跑上去，圍住了車子。

「小鬼，快滾開！這是萬歲爺的寶貝，當心殺頭！」

然而關於禹爺的新聞，也和珍寶的入京一同多起來了。百姓的簷前，路旁的樹下，大家都在談他的故事；最多的是他怎樣夜裡化為黃熊，用嘴和爪子，一拱一拱的疏通了九河，以及怎樣請了天兵天將，捉住興風作浪的妖怪無支祁，鎮在龜山的腳下。皇上舜爺的事情，可是誰也不再提起了，至多，也不過談談丹朱太子的沒出息。

禹要回京的消息，原已傳布得很久了，每天總有一群人站在關口，看可有他的儀仗的到來。並沒有。然而消息卻愈傳愈緊，也好像愈真。一個半陰半晴的上午，他終於在百姓們的萬頭攢動之間，進了冀州的帝都了。前面並沒有儀仗，不過一大批乞丐似的隨員。臨末是一個粗手粗腳的大漢，黑臉黃鬚，腿彎微曲，雙手捧著一片烏黑的尖頂的大石頭——舜爺所賜的「玄圭」，連聲說道「借光，借光，讓一讓，讓一讓」，從人叢中擠進皇宮裡去了。

百姓們就在宮門外歡呼，議論，聲音正好像浙水的濤聲一樣。

舜爺坐在龍位上，原已有了年紀，不免覺得疲勞，這時又似乎有些驚駭。禹一到，就連忙客氣的站起來，行過禮，皋陶先去應酬了幾句，舜才說道：

「你也講幾句好話我聽呀。」

「哼，我有什麼說呢？」禹簡截的回答道。「我就是想，每天孳孳！」

「什麼叫作『孳孳』？」皋陶問。

「洪水滔天，」禹說，「浩浩懷山襄陵，下民都浸在水裡。我走旱路坐車，走水路坐船，走泥路坐橇，走山路坐轎。到一座山，砍一通樹，和益倆給大家有飯吃，有肉吃。放田水入川，放川水入海，和稷倆給大家有難得的東西吃。東西不夠，就調有餘，補不足。搬家。大家這才靜下來了，各地方成了個樣子。」

「對啦對啦，這些話可真好！」皋陶稱讚道。

「唉！」禹說。「做皇帝要小心，安靜。對天有良心，天才會仍舊給你好處！」

舜爺嘆一口氣，就託他管理國家大事，有意見當面講，不要背後說壞話。看見禹都答應了，又嘆一口氣，道：「莫像丹朱的不聽話，只喜歡遊蕩，旱地上要撐船，在家裡又搗亂，弄得過不了日子，這我可真看的不順眼！」

「我討過老婆，四天就走，」禹回答說。「生了阿啟，也不當他兒子看。所以能夠治了水，分作五圈，簡直有五千里，計十二州，直到海邊，立了五個頭領，都很好。只是有苗可不行，你得留心點！」

「我的天下，真是全仗的你的功勞弄好的！」舜爺也稱讚道。

於是皋陶也和舜爺一同肅然起敬，低了頭；退朝之後，他就趕緊下一道特別的命令，叫百姓都要學禹的行為，倘不然，立刻就算是犯了罪。

這使商家首先起了大恐慌。但幸而禹爺自從回京以後，態度也改變一點了：吃喝不考究，但做起祭祀和法事來，是闊綽的；衣服很隨便，但上朝和拜客時候的穿著，是要漂亮的。所以市面仍舊不很受影響，不多久，商人們就又說禹爺的行為真該學，皋爺的新法令也很不錯；終於太平到連百獸都會跳舞，鳳凰也飛來湊熱鬧了。

一九三五年十一月作。

采薇

一

這半年來，不知怎的連養老堂裡也不大平靜了，一部分的老頭子，也都交頭接耳，跑進跑出的很起勁。只有伯夷最不留心閒事，秋涼到了，他又老的很怕冷，就整天的坐在階沿上晒太陽，縱使聽到匆忙的腳步聲，也決不抬起頭來看。

「大哥！」

一聽聲音自然就知道是叔齊。伯夷是向來最講禮讓的，便在抬頭之前，先站起身，把手一擺，意思是請兄弟在階沿上坐下。

「大哥，時局好像不大好！」叔齊一面並排坐下去，一面氣喘吁吁的說，聲音有些發抖。

「怎麼了呀？」伯夷這才轉過臉去看，只見叔齊的原是蒼白的臉色，好像更加蒼白了。

「您聽到過從商王那裡，逃來兩個瞎子的事了罷。」

「唔，前幾天，散宜生好像提起過。我沒有留心。」

「我今天去拜訪過了。一個是太師疵，一個是少師強，還帶來許多樂器。聽說前幾時還開過一個展覽會，參觀者都『嘖嘖稱美』——不過好像這邊就要動兵了。」

「為了樂器動兵，是不合先王之道的。」伯夷慢吞吞的說。

「也不單為了樂器。您不早聽到過商王無道，砍早上渡河不怕水冷的人的腳骨，看看他的骨髓，挖出比干王爺的心來，看它可有七竅嗎？先前還是傳聞，瞎子一到，可就證實了。況且還切切實實的證明了商王的變亂舊章。變亂舊章，原是應該征伐的。不過我想，以下犯上，究竟也不合先王之道……」

「近來的烙餅，一天一天的小下去了，看來確也像要出事情，」伯夷想了一想，說。「但我看你還是少出門，少說話，仍舊每天練你的太極拳的好！」

「是……」叔齊是很悌的，應了半聲。

「你想想看，」伯夷知道他心裡其實並不服氣，便接著說。「我們是客人，因為西伯肯養老，呆在這裡的。烙餅小下去了，固然不該說什麼，就是事情鬧起來了，也不該說什麼的。」

「那麼，我們可就成了為養老而養老了。」

「最好是少說話。我也沒有力氣來聽這些事。」

伯夷咳了起來，叔齊也不再開口。咳嗽一止，萬籟寂然，秋末的夕陽，照著兩部白鬍子，都在閃閃的發亮。

二

然而這不平靜，卻總是滋長起來，烙餅不但小下去，粉也粗起來了。養老堂的人們更加交頭接耳，外面只聽得車馬行走聲，叔齊更加喜歡出門，雖然回來也不說什麼話，但那不安的神色，卻惹得伯夷也很難閒適了：他似乎覺得這碗平穩飯快要吃不穩。

十一月下旬，叔齊照例一早起了床，要練太極拳，但他走到院子裡，聽了一聽，卻開開堂門，跑出去了。約摸有烙十張餅的時候，這才氣急敗壞的跑回來，鼻子凍得通紅，嘴裡一陣一陣的噴著白蒸氣。

「大哥！你起來！出兵了！」他恭敬的垂手站在伯夷的床前，大聲說，聲音有些比平常粗。

伯夷怕冷，很不願意這麼早就起身，但他是非常友愛的，看見兄弟著急，只好把牙齒一咬，坐了起來，披上皮袍，在被窩裡慢吞吞的穿褲子。

「我剛要練拳，」叔齊等著，一面說。「卻聽得外面有人馬走動，連忙跑到大路上去看時——果然，來了。首先是一乘白彩的大轎，總該有八十一人抬著罷，裡面一座木主，寫的是『大周文王之靈位』；後面跟的都是兵。我想：這一定是要去伐紂了。現在的周王是孝子，他要做大事，一定是把文王抬在前面的。看了一會，我就跑回來，不料我們養老堂的牆外就貼著告示……」

伯夷的衣服穿好了，弟兄倆走出屋子，就覺得一陣冷氣，趕緊縮緊了身子。伯夷向來不大走動，一出大門，很看得有些新鮮。不幾步，叔齊就伸手向牆上一指，可真的貼著一張大告示：

「照得今殷王紂，乃用其婦人之言，自絕於天，毀壞其三正，離逷其王父母弟。乃斷棄其先祖之樂；乃為淫聲，用變亂正聲，怡說婦人。故今予發，維共行天罰。勉哉夫子，不可再，不可三！此示。」

兩人看完之後，都不作聲，徑向大路走去。只見路邊都擠滿了民眾，站得水泄不通。兩人在後面說一聲「借光」，民眾回頭一看，見是兩位白鬚老者，便照文王敬老的上諭，趕忙閃開，讓他們走到前面。這時打頭的木主早已望不見了，走過去的都是一排一排的甲士，約有烙三百五十二張大餅的工夫，這才見別有許多兵丁，肩著九旒雲罕旗，仿佛五色雲一樣。接著又是甲士，後面一大隊騎著高頭大馬的文武官員，簇擁著一位王爺，紫糖色臉，絡腮鬍子，左捏黃斧頭，右拿白牛尾，威風凜凜：這正是「恭行天罰」的周王發。

大路兩旁的民眾，個個肅然起敬，沒有人動一下，沒有人響一聲。在百靜中，不提防叔齊卻拖著伯夷直撲上去，鑽過幾個馬頭，拉住了周王的馬嚼子，直著脖子嚷起來道：

「老子死了不葬，倒來動兵，說得上『孝』嗎？臣子想要殺主子，說得上『仁』嗎？……」

開初，是路旁的民眾，駕前的武將，都嚇得呆了；連周王手裡的白牛尾巴也歪了過去。但叔齊剛說了四句話，卻就聽得一片嘩啷聲響，有好幾把大刀從他們的頭上砍下來。

「且住！」

誰都知道這是姜太公的聲音，豈敢不聽，便連忙停了刀，看著這也是白鬚白髮，然而胖得圓圓的臉。

「義士呢。放他們去罷！」

武將們立刻把刀收回，插在腰帶上。一面是走上四個甲士來，恭敬的向伯夷和叔齊立正，舉手，之後就兩個挾一個，開正步向路旁走過去。民眾們也趕緊讓開道，放他們走到自己的背後去。

到得背後，甲士們便又恭敬的立正，放了手，用力在他們倆的脊梁上一推。兩人只叫得一聲「阿呀」，蹌蹌踉踉的顛了周尺一丈路遠近，這才撲通的倒在地面上。叔齊還好，用手支著，只印了一臉泥；伯夷究竟比較的有了年紀，腦袋又恰巧磕在石頭上，便暈過去了。

三

大軍過去之後，什麼也不再望得見，大家便換了方向，把躺著的伯夷和坐著的叔齊圍起來。有幾個是認識他們的，當場告訴人們，說這原是遼西的孤竹君的兩位世子，因為讓位，這才一同逃到這裡，進了先王所設的養老堂。這報告引得眾人連聲讚嘆，幾個人便蹲下身子，歪著頭去看叔齊的臉，幾個人回家去燒薑湯，幾個人去通知養老堂，叫他們快抬門板來接了。

大約過了烙好一百零三四張大餅的工夫，現狀並無變化，看客也漸漸的走散；又好久，才有兩個老頭子抬著一扇門板，一拐一拐的走來，板上面還鋪著一層稻草：這還是文王定下來的敬老的老規矩。板在地上一放，啌嚨一聲，震得伯夷突然張開了眼睛：他蘇甦了。叔齊驚喜的發一聲喊，幫那兩個人一同輕輕的把伯夷扛上門板，抬向養老堂裡去；自己是在旁邊跟定，扶住了掛著門板的麻繩。

走了六七十步路，聽得遠遠地有人在叫喊：

「您哪！等一下！薑湯來哩！」望去是一位年青的太太，手裡端著一個瓦罐子，向這面跑來了，大約怕薑湯潑出罷，她跑得不很快。

大家只得停住，等候她的到來。叔齊謝了她的好意。她看見伯夷已經自己醒來了，似乎很有些失望，但想了一想，就勸他仍舊喝下去，可以暖暖胃。然而伯夷怕辣，一定不肯喝。

「這怎麼辦好呢？還是八年陳的老薑熬的呀。別人家還拿不出這樣的東西來呢。我們的家裡又沒有愛吃辣的人……」她顯然有點不高興。

叔齊只得接了瓦罐，做好做歹的硬勸伯夷喝了一口半，餘下的還很多，便說自己也正在胃氣痛，統統喝掉了。眼圈通紅的，恭敬的誇讚了薑湯的力量，謝了那太太的好意之後，這才解決了這一場大糾紛。

他們回到養老堂裡，倒也並沒有什麼餘病，到第三天，伯夷就能夠起床了，雖然前額上腫著一大塊——然而胃口壞。

官民們都不肯給他們超然，時時送來些攪擾他們的消息，或者是官報，或者是新聞。十二月底，就聽說大軍已經渡了盟津，諸侯無一不到。不久也送了武王的《太誓》的鈔本來。這是特別鈔給養老堂看的，怕他們眼睛花，每個字都寫得有核桃一般大。不過伯夷還是懶得看，只聽叔齊朗誦了一遍，別的倒也並沒有什麼，但是「自棄其先祖肆祀不答，昏棄其家國……」這幾句，斷章取義，卻好像很傷了自己的心。

傳說也不少：有的說，周師到了牧野，和紂王的兵大戰，殺得他們屍橫遍野，血流成河，連木棍也浮起來，彷彿水上的草梗一樣；有的卻道紂王的兵雖然有七十萬，其實並沒有戰，一望見姜太公帶著大軍前來，便回轉身，反替武王開路了。

這兩種傳說，固然略有些不同，但打了勝仗，卻似乎確實的。此後又時時聽到運來了鹿臺的寶貝，巨橋的白米，就更加證明了得勝的確實。傷兵也陸陸續續的回來了，又好像還是打過大仗似的。凡是能夠勉強走動的傷兵，大抵在茶館，酒店，理髮鋪，以及人家的簷前或門口閒坐，講述戰爭的故事，無論那裡，總有一群人眉飛色舞的在聽他。春天到了，露天下也不再覺得怎麼涼，往往到夜裡還講得很起勁。

伯夷和叔齊都消化不良，每頓總是吃不完應得的烙餅；睡覺還照先前一樣，天一暗就上床，然而總是睡不著。伯夷只在翻來覆去，叔齊聽了，又煩躁，又心酸，這時候，他常是重行起來，穿好衣服，到院子裡去走走，或者練一套太極拳。

有一夜，是有星無月的夜。大家都睡得靜靜的了，門口卻還有人在談天。叔齊是向來不偷聽人家談話的，這一回可不知怎的，竟停了腳步，同時也側著耳朵。

「媽的紂王，一敗，就奔上鹿臺去了，」說話的大約是回來的傷兵。「媽的，他堆好寶貝，自己坐在中央，就點起火來。」

「阿唷，這可多麼可惜呀！」這分明是管門人的聲音。

「不慌！只燒死了自己，寶貝可沒有燒哩。咱們大王就帶著諸侯，進了商國。他們的百姓都在郊外迎接，大王叫大人們招呼他們道：『納福呀！』他們就都磕頭。一直進去，但見門上都貼著兩個大字道：『順民』。大王的車子一徑走向鹿臺，找到紂王自尋短見的處所，射了三箭……」

「為什麼呀？怕他沒有死嗎？」別一人問道。

「誰知道呢。可是射了三箭，又拔出輕劍來，一砍，這才拿了黃斧頭，嚓！砍下他的腦袋來，掛在大白旗上。」

叔齊吃了一驚。

「之後就去找紂王的兩個小老婆。哼，早已統統吊死了。大王就又射了三箭，拔出劍來，一砍，這才拿了黑斧頭，割下她們的腦袋，掛在小白旗上。這麼一來……」

「那兩個姨太太真的漂亮嗎？」管門人打斷了他的話。

「知不清。旗杆子高，看的人又多，我那時金創還很疼，沒有擠近去看。」

「他們說那一個叫作妲己的是狐狸精，只有兩隻腳變不成人樣，便用布條子裹起來：真的？」

「誰知道呢。我也沒有看見她的腳。可是那邊的娘兒們卻真有許多把腳弄得好像豬蹄子的。」

叔齊是正經人，一聽到他們從皇帝的頭，談到女人的腳上去了，便雙眉一皺，連忙掩住耳朵，返身跑進房裡去。伯夷也還沒有睡著，輕輕的問道：

「你又去練拳了麼？」

叔齊不回答，慢慢的走過去，坐在伯夷的床沿上，彎下腰，告訴了他剛才聽來的一些話。這之後，兩人都沉默了許多時，終於是叔齊很困難的嘆一口氣，悄悄的說道：

「不料竟全改了文王的規矩……你瞧罷，不但不孝，也不仁……這樣看來，這裡的飯是吃不得了。」

「那麼，怎麼好呢？」伯夷問。

「我看還是走……」

於是兩人商量了幾句，就決定明天一早離開這養老堂，不再吃周家的大餅；東西是什麼也不帶。兄弟倆一同走到華山去，吃些野果和樹葉來送自己的殘年。

況且「天道無親，常與善人」，或者竟會有蒼朮和茯苓之類也說不定。

打定主意之後，心地倒十分輕鬆了。叔齊重復解衣躺下，不多久，就聽到伯夷講夢話；自己也覺得很有興致，而且彷彿聞到茯苓的清香，接著也就在這茯苓的清香中，沉沉睡去了。

四

第二天，兄弟倆都比平常醒得早，梳洗完畢，毫不帶什麼東西，其實也並無東西可帶，只有一件老羊皮長袍捨不得，仍舊穿在身上，拿了拄杖，和留下的烙餅，推稱散步，一徑走出養老堂的大門；心裡想，從此要長別了，便似乎還不免有些留戀似的，回過頭來看了幾眼。

街道上行人還不多；所遇見的不過是睡眼惺忪的女人，在井邊打水。將近郊外，太陽已經高升，走路的也多起來了，雖然大抵昂著頭，得意洋洋的，但一看見他們，卻還是照例的讓路。樹木也多起來了，不知名的落葉樹上，已經吐著新芽，一望好像灰綠的輕煙，其間夾著松柏，在蒙朧中仍然顯得很蒼翠。

滿眼是闊大，自由，好看，伯夷和叔齊覺得彷彿年青起來，腳步輕鬆，心裡也很舒暢了。

到第二天的午後，迎面遇見了幾條岔路，他們決不定走那一條路近，便檢了一個對面走來的老頭子，很和氣的去問他。

「阿呀，可惜，」那老頭子說。「您要是早一點，跟先前過去的那隊馬跑就好了。現在可只得先走這條路。前面岔路還多，再問罷。」

叔齊就記得了正午時分，他們的確遇見過幾個廢兵，趕著一大批老馬，瘦馬，跛腳馬，癩皮馬，從背後衝上來，幾乎把他們踏死，這時就趁便問那老人，這些馬是趕去做什麼的。

「您還不知道嗎？」那人答道。「我們大王已經『恭行天罰』，用不著再來興師動眾，所以把馬放到華山腳下去的。這就是『歸馬於華山之陽』呀，您懂了沒有？我們還在『放牛於桃林之野』哩！嚇，這回可真是大家要吃太平飯了。」

然而這竟是兜頭一桶冷水，使兩個人同時打了一個寒噤，但仍然不動聲色，謝過老人，向著他所指示的路前行。無奈這「歸馬於華山之陽」，竟踏壞了他們的夢境，使兩個人的心裡，從此都有些七上八下起來。

心裡忐忑，嘴裡不說，仍是走，到得傍晚，臨近了一座並不很高的黃土岡，上面有一些樹林，幾間土屋，他們便在途中議定，到這裡去借宿。

離土岡腳還有十幾步，林子裡便竄出五個彪形大漢來，頭包白布，身穿破衣，為首的拿一把大刀，另外四個都是木棍。一到岡下，便一字排開，攔住去路，一同恭敬的點頭，大聲吆喝道：

「老先生，您好哇！」

他們倆都嚇得倒退了幾步，伯夷竟發起抖來，還是叔齊能幹，索性走上前，問他們是什麼人，有什麼事。

「小人就是華山大王小窮奇，」那拿刀的說，「帶了兄弟們在這裡，要請您老賞一點買路錢！」

「我們那裡有錢呢，大王。」叔齊很客氣的說。「我們是從養老堂裡出來的。」

「阿呀！」小窮奇吃了一驚，立刻肅然起敬，「那麼，您兩位一定是『天下之大老也』了。小人們也遵先王遺教，非常敬老，所以要請您老留下一點紀念品……」他看見叔齊沒有回答，便將大刀一揮，提高了聲音道：「如果您老還要謙讓，那可小人們只好恭行天搜，瞻仰一下您老的貴體了！」

伯夷叔齊立刻擎起了兩隻手；一個拿木棍的就來解開他們的皮袍，棉襖，小衫，細細搜檢了一遍。

「兩個窮光蛋，真的什麼也沒有！」他滿臉顯出失望的顏色，轉過頭去，對小窮奇說。

小窮奇看出了伯夷在發抖，便上前去，恭敬的拍拍他肩膀，說道：

「老先生，請您不要怕。海派會『剝豬玀』，我們是文明人，不幹這玩意兒的。什麼紀念品也沒有，只好算我們自己晦氣。現在您只要滾您的蛋就是了！」

伯夷沒有話好回答，連衣服也來不及穿好，和叔齊邁開大步，眼看著地，向前便跑。這時五個人都已經站在旁邊，讓出路來了。看見他們在面前走過，便恭敬的垂下雙手，同聲問道：

「您走了？您不喝茶了麼？」

「不喝了，不喝了……」伯夷和叔齊且走且說，一面不住的點著頭。

五

「歸馬於華山之陽」和華山大王小窮奇，都使兩位義士對華山害怕，於是從新商量，轉身向北，討著飯，曉行夜宿，終於到了首陽山。

這確是一座好山。既不高，又不深，沒有大樹林，不愁虎狼，也不必防強盜：是理想的幽棲之所。兩人到山腳下一看，只見新葉嫩碧，土地金黃，野草裡開著些紅紅白白的小花，真是連看看也賞心悅目。他們就滿心高興，用拄杖點著山徑，一步一步的挨上去，找到上面突出一片石頭，好像岩洞的處所，坐了下來，一面擦著汗，一面喘著氣。

這時候，太陽已經西沉，倦鳥歸林，啾啾唧唧的叫著，沒有上山時候那麼清靜了，但他們倒覺得也還新鮮，有趣。在鋪好羊皮袍，準備就睡之前，叔齊取出兩個大飯團，和伯夷吃了一飽。這是沿路討來的殘飯，因為兩人曾經議定，「不食周粟」，只好進了首陽山之後開始實行，所以當晚把它吃完，從明天起，就要堅守主義，絕不通融了。

他們一早就被烏老鴉鬧醒，後來重又睡去，醒來卻已是上午時分。伯夷說腰痛腿酸，簡直站不起；叔齊只得獨自去走走，看可有可吃的東西。他走了一些時，竟發見這山的不高不深，沒有虎狼盜賊，固然是其所長，然而因此也有了缺點：下面就是首陽村，所以不但常有砍柴的老人或女人，並且有進來玩耍的孩子，可吃的野果子之類，一顆也找不出，大約早被他們摘去了。

他自然就想到茯苓。但山上雖然有松樹，卻不是古松，都好像根上未必有茯苓；即使有，自己也不帶鋤頭，沒有法子想。接著又想到蒼朮，然而他只見過蒼朮的根，毫不知道那葉子的形狀，又不能把滿山的草都拔起來看一看，即使蒼朮生在眼前，也不能認識。心裡一暴躁，滿臉發熱，就亂抓了一通頭皮。

但是他立刻平靜了，似乎有了主意，接著就走到松樹旁邊，摘了一衣兜的松針，又往溪邊尋了兩塊石頭，砸下松針外面的青皮，洗過，又細細的砸得好像麵餅，另尋一片很薄的石片，拿著回到石洞去了。

「三弟，有什麼撈兒沒有？我是肚子餓的咕嚕咕嚕響了好半天了。」伯夷一望見他，就問。

「大哥，什麼也沒有。試試這玩意兒罷。」

他就近拾了兩塊石頭，支起石片來，放上松針麵，聚些枯枝，在下面生了火。

實在是許多工夫，才聽得濕的松針面有些吱吱作響，可也發出一點清香，引得他們倆咽口水。叔齊高興得微笑起來了，這是姜太公做八十五歲生日的時候，他去拜壽，在壽筵上聽來的方法。

發香之後，就發泡，眼見它漸漸的乾下去，正是一塊糕。叔齊用皮袍袖子裹著手，把石片笑嘻嘻的端到伯夷的面前。伯夷一面吹，一面拗，終於拗下一角來，連忙塞進嘴裡去。

他愈嚼，就愈皺眉，直著脖子咽了幾咽，倒哇的一聲吐出來了，訴苦似的看著叔齊道：

「苦……粗……」

這時候，叔齊真好像落在深潭裡，什麼希望也沒有了。抖抖的也拗了一角，咀嚼起來，可真也毫沒有可吃的樣子：苦……粗……

叔齊一下子失了銳氣，坐倒了，垂了頭。然而還在想，掙扎的想，彷彿是在爬出一個深潭去。爬著爬著，只向前。終於似乎自己變了孩子，還是孤竹君的世子，坐在保姆的膝上了。這保姆是鄉下人，在和他講故事：黃帝打蚩尤，大禹捉無支祁，還有鄉下人荒年吃薇菜。

他又記得了自己問過薇菜的樣子，而且山上正見過這東西。他忽然覺得有了氣力，立刻站起身，跨進草叢，一路尋過去。

果然，這東西倒不算少，走不到一里路，就摘了半衣兜。

他還是在溪水裡洗了一洗，這才拿回來；還是用那烙過松針麵的石片，來烤薇菜。葉子變成暗綠，熟了。但這回再不敢先去敬他的大哥了，撮起一株來，放在自己的嘴裡，閉著眼睛，只是嚼。

「怎麼樣？」伯夷焦急的問。

「鮮的！」

兩人就笑嘻嘻的來嘗烤薇菜；伯夷多吃了兩撮，因為他是大哥。

他們從此天天采薇菜。先前是叔齊一個人去采，伯夷煮；後來伯夷覺得身體健壯了一些，也出去采了。做法也多起來：薇湯，薇羹，薇醬，清燉薇，原湯燜薇芽，生晒嫩薇葉……

然而近地的薇菜，卻漸漸的采完，雖然留著根，一時也很難生長，每天非走遠路不可了。搬了幾回家，後來還是一樣的結果。而且新住處也逐漸的難找了起來，因為既要薇菜多，又要溪水近，這樣的便當之處，在首陽山上實在也不可多得的。叔齊怕伯夷年紀太大了，一不小心會中風，便竭力勸他安坐在家裡，仍舊單是擔任煮，讓自己獨自去采薇。

伯夷遜讓了一番之後，倒也應允了，從此就較為安閒自在，然而首陽山上是有人跡的，他沒事做，脾氣又有些改變，從沉默成了多話，便不免和孩子去搭訕，和樵夫去扳談。也許是因為一時高興，或者有人叫他老乞丐的緣故罷，他竟說出了他們倆原是遼西的孤竹君的兒子，他老大，那一個是老三。父親在日原是說要傳位給老三的，一到死後，老三卻一定向他讓。他遵父命，省得麻煩，逃走了。不料老三也逃走了。兩人在路上遇見，便一同來找西伯——文王，進了養老堂。又不料現在的周王竟「以臣弒君」起來，所以只好不食周粟，逃上首陽山，吃野菜活命……等到叔齊知道，怪他多嘴的時候，已經傳播開去，沒法挽救了。但也不敢怎麼埋怨他；只在心裡想：父親不肯把位傳給他，可也不能不說很有些眼力。

叔齊的預料也並不錯：這結果壞得很，不但村裡時常講到他們的事，也常有特地上山來看他們的人。有的當他們名人，有的當他們怪物，有的當他們古董。甚至於跟著看怎樣采，圍著看怎樣吃，指手畫腳，問長問短，令人頭昏。而且對付還須謙虛，倘使略不小心，皺一皺眉，就難免有人說是「發脾氣」。

不過輿論還是好的方面多。後來連小姐太太，也有幾個人來看了，回家去都搖頭，說是「不好看」，上了一個大當。

終於還引動了首陽村的第一等高人小丙君。他原是妲己的舅公的乾女婿，做著祭酒，因為知道天命有歸，便帶著五十車行李和八百個奴婢，來投明主了。可惜已在會師盟津的前幾天，兵馬事忙，來不及好好的安插，便留下他四十車貨物和七百五十個奴婢，另外給予兩頃首陽山下的肥田，叫他在村裡研究八卦學。他也喜歡弄文學，村中都是文盲，不懂得文學概論，氣悶已久，便叫家丁打轎，找那兩個老頭子，談談文學去了；尤其是詩歌，因為他也是詩人，已經做好一本詩集子。

然而談過之後，他一上轎就搖頭，回了家，竟至於很有些氣憤。他以為那兩個傢伙是談不來詩歌的。第一、是窮：謀生之不暇，怎麼做得出好詩？第二、是「有所為」，失了詩的「敦厚」；第三、是有議論，失了詩的「溫柔」。尤其可議的是他們的品格，通體都是矛盾。於是他大義凜然的斬釘截鐵的說道：

「『普天之下，莫非王土』，難道他們在吃的薇，不是我們聖上的嗎！」

這時候，伯夷和叔齊也在一天一天的瘦下去了。這並非為了忙於應酬，因為參觀者倒在逐漸的減少。所苦的是薇菜也已經逐漸的減少，每天要找一捧，總得費許多力，走許多路。

然而禍不單行。掉在井裡面的時候，上面偏又來了一塊大石頭。

有一天，他們倆正在吃烤薇菜，不容易找，所以這午餐已在下午了。忽然走來了一個二十來歲的女人，先前是沒有見過的，看她模樣，好像是闊人家裡的婢女。

「您吃飯嗎？」她問。

叔齊仰起臉來，連忙陪笑，點點頭。

「這是什麼玩意兒呀？」她又問。

「薇。」伯夷說。

「怎麼吃著這樣的玩意兒的呀？」

「因為我們是不食周粟……」

伯夷剛剛說出口，叔齊趕緊使一個眼色，但那女人好像聰明得很，已經懂得了。她冷笑了一下，於是大義凜然的斬釘截鐵的說道：

「『普天之下，莫非王土』，你們在吃的薇，難道不是我們聖上的嗎！」

伯夷和叔齊聽得清清楚楚，到了末一句，就好像一個大霹靂，震得他們發昏；待到清醒過來，那鴉頭已經不見了。薇，自然是不吃，也吃不下去了，而且連看看也害羞，連要去搬開它，也抬不起手來，覺得仿佛有好幾百斤重。

六

樵夫偶然發見了伯夷和叔齊都縮做一團，死在山背後的石洞裡，是大約這之後的二十天。並沒有爛，雖然因為瘦，但也可見死的並不久；老羊皮袍卻沒有墊著，不知道弄到那裡去了。這消息一傳到村子裡，又哄動了一大批來看的人，來來往往，一直鬧到夜。結果是有幾個多事的人，就地用黃土把他們埋起來，還商量立一塊石碑，刻上幾個字，給後來好做古跡。

然而合村裡沒有人能寫字，只好去求小丙君。

然而小丙君不肯寫。

「他們不配我來寫，」他說。「都是昏蛋。跑到養老堂裡來，倒也罷了，可又不肯超然；跑到首陽山裡來，倒也罷了，可是還要做詩；做詩倒也罷了，可是還要發感慨，不肯安分守己，『為藝術而藝術』。你瞧，這樣的詩，可是有永久性的：

上那西山呀采它的薇菜，
強盜來代強盜呀不知道這的不對。
神農虞夏一下子過去了，我又那裡去呢？
唉唉死罷，命裡註定的晦氣！

「你瞧，這是什麼話？溫柔敦厚的才是詩。他們的東西，卻不但『怨』，簡直『罵』了。沒有花，只有刺，尚且不可，何況只有罵。即使放開文學不談，他們撇下祖業，也不是什麼孝子，到這裡又譏訕朝政，更不像一個良民……我不寫！……」

文盲們不大懂得他的議論，但看見聲勢洶洶，知道一定是反對的意思，也只好作罷了。伯夷和叔齊的喪事，就這樣的算是告了一段落。

然而夏夜納涼的時候，有時還談起他們的事情來。有人說是老死的，有人說是病死的，有人說是給搶羊皮袍子的強盜殺死的。後來又有人說其實恐怕是故意餓死的，因為他從小丙君府上的鴉頭阿金姐那裡聽來：這之前的十多天，她曾經上山去奚落他們了幾句，傻瓜總是脾氣大，大約就生氣了，絕了食撒賴，可是撒賴只落得一個自己死。

於是許多人就非常佩服阿金姐，說她很聰明，但也有些人怪她太刻薄。

阿金姐卻並不以為伯夷叔齊的死掉，是和她有關係的。自然，她上山去開了幾句玩笑，是事實，不過這僅僅是玩笑。那兩個傻瓜發脾氣，因此不吃薇菜了，也是事實，不過並沒有死，倒招來了很大的運氣。

「老天爺的心腸是頂好的，」她說。「他看見他們在撒賴，快要餓死了，就吩咐母鹿，用它的奶去喂他們。您瞧，這不是頂好的福氣嗎？用不著種地，用不著砍柴，只要坐著，就天天有鹿奶自己送到你嘴裡來。可是賤骨頭不識抬舉，那老三，他叫什麼呀，得步進步，喝鹿奶還不夠了。他喝著鹿奶，心裡想，『這鹿有這麼胖，殺它來吃，味道一定是不壞的。』一面就慢慢的伸開臂膊，要去拿石片。可不知道鹿是通靈的東西，它已經知道了人的心思，立刻一溜煙逃走了。老天爺也討厭他們的貪嘴，叫母鹿從此不要去。您瞧，他們還不只好餓死嗎？那裡是為了我的話，倒是為了自己的貪心，貪嘴呵！……」

聽到這故事的人們，臨末都深深的嘆一口氣，不知怎的，連自己的肩膀也覺得輕鬆不少了。即使有時還會想起伯夷叔齊來，但恍恍忽忽，好像看見他們蹲在石壁下，正在張開白鬍子的大口，拼命的吃鹿肉。

一九三五年十二月作。

鑄劍

一

眉間尺剛和他的母親睡下，老鼠便出來咬鍋蓋，使他聽得發煩。他輕輕地叱了幾聲，最初還有些效驗，後來是簡直不理他了，格支格支地逕自咬。他又不敢大聲趕，怕驚醒了白天做得勞乏，晚上一躺就睡著了的母親。

許多時光之後，平靜了；他也想睡去。忽然，撲通一聲，驚得他又睜開眼。同時聽到沙沙地響，是爪子抓著瓦器的聲音。

「好！該死！」他想著，心裡非常高興，一面就輕輕地坐起來。

他跨下床，借著月光走向門背後，摸到鑽火傢伙，點上松明，向水甕裡一照。果然，一匹很大的老鼠落在那裡面了；但是，存水已經不多，爬不出來，只沿著水甕內壁，抓著，團團地轉圈子。

「活該！」他一想到夜夜咬家具，鬧得他不能安穩睡覺的便是它們，很覺得暢快。他將松明插在土牆的小孔裡，賞玩著；然而那圓睜的小眼睛，又使他發生了憎恨，伸手抽出一根蘆柴，將它直按到水底去。過了一會，才放手，那老鼠也隨著浮了上來，還是抓著甕壁轉圈子。只是抓勁已經沒有先前似的有力。眼睛也淹在水裡面，單露出一點尖尖的通紅的小鼻子，咻咻地急促地喘氣。

他近來很有點不大喜歡紅鼻子的人。但這回見了這尖尖的小紅鼻子，卻忽然覺得它可憐了，就又用那蘆柴，伸到它的肚下去，老鼠抓著，歇了一回力，便沿著蘆幹爬了上來。待到他看見全身，——濕淋淋的黑毛，大的肚子，蚯蚓似的尾巴，——便又覺得可恨可憎得很，慌忙將蘆柴一抖，撲通一聲，老鼠又落在水甕裡，他接著就用蘆柴在它頭上搗了幾下，叫它趕快沉下去。

換了六回松明之後，那老鼠已經不能動彈，不過沉浮在水中間，有時還向水面微微一跳。眉間尺又覺得很可憐，隨即折斷蘆柴，好容易將它夾了出來，放在地面上。老鼠先是絲毫不動，後來才有一點呼吸；又許多時，四隻腳運動了，一翻身，似乎要站起來逃走。這使眉間尺大吃一驚，不覺提起左腳，一腳踏下去。只聽得吱的一聲，他蹲下去仔細看時，只見口角上微有鮮血，大概是死掉了。

他又覺得很可憐，彷彿自己作了大惡似的，非常難受。他蹲著，呆看著，站不起來。

「尺兒，你在做什麼？」他的母親已經醒來了，在床上問。

「老鼠……。」他慌忙站起，回轉身去，卻只答了兩個字。

「是的，老鼠。這我知道。可是你在做什麼？殺它呢，還是在救它？」

他沒有回答。松明燒盡了；他默默地立在暗中，漸看見月光的皎潔。

「唉！」他的母親嘆息說，「一交子時，你就是十六歲了，性情還是那樣不冷不熱地，一點也不變。看來，你的父親的仇是沒有人報的了。」

他看見他的母親坐在灰白色的月影中，彷彿身體都在顫動；低微的聲音裡，含著無限的悲哀，使他冷得毛骨悚然，而一轉眼間，又覺得熱血在全身中忽然騰沸。

「父親的仇？父親有什麼仇呢？」他前進幾步，驚急地問。

「有的。還要你去報。我早想告訴你的了；只因為你太小，沒有說。現在你已經成人了，卻還是那樣的性情。這教我怎麼辦呢？你似的性情，能行大事的麼？」

「能。說罷，母親。我要改過……。」

「自然。我也只得說。你必須改過……。那麼，走過來罷。」

他走過去；他的母親端坐在床上，在暗白的月影裡，兩眼發出閃閃的光芒。

「聽哪！」她嚴肅地說，「你的父親原是一個鑄劍的名工，天下第一。他的工具，我早已都賣掉了來救了窮了，你已經看不見一點遺跡；但他是一個世上無二的鑄劍的名工。二十年前，王妃生下了一塊鐵，聽說是抱了一回鐵柱之後受孕的，是一塊純青透明的鐵。大王知道是異寶，便決計用來鑄一把劍，想用它保國，用它殺敵，用它防身。不幸你的父親那時偏偏入了選，便將鐵捧回家裡來，日日夜夜地鍛煉，費了整三年的精神，煉成兩把劍。

「當最末次開爐的那一日，是怎樣地駭人的景象呵！嘩拉拉地騰上一道白氣的時候，地面也覺得動搖。那白氣到天半便變成白雲，罩住了這處所，漸漸現出緋紅顏色，映得一切都如桃花。我家的漆黑的爐子裡，是躺著通紅的兩把劍。你父親用井華水慢慢地滴下去，那劍嘶嘶地吼著，慢慢轉成青色了。這樣地七日七夜，就看不見了劍，仔細看時，卻還在爐底裡，純青的，透明的，正像兩條冰。

「大歡喜的光采，便從你父親的眼睛裡四射出來；他取起劍，拂拭著，拂拭著。然而悲慘的皺紋，卻也從他的眉頭和嘴角出現了。他將那兩把劍分裝在兩個匣子裡。

「『你只要看這幾天的景象，就明白無論是誰，都知道劍已煉就的了。』他悄悄地對我說。『一到明天，我必須去獻給大王。但獻劍的一天，也就是我命盡的日子。怕我們從此要長別了。』

「『你……。』我很駭異，猜不透他的意思，不知怎麼說的好。我只是這樣地說：『你這回有了這麼大的功勞……。』

「『唉！你怎麼知道呢！』他說。『大王是向來善於猜疑，又極殘忍的。這回我給他煉成了世間無二的劍，他一定要殺掉我，免得我再去給別人煉劍，來和他匹敵，或者超過他。』

「我掉淚了。

「『你不要悲哀。這是無法逃避的。眼淚決不能洗掉運命。我可是早已有準備在這裡了！』他的眼裡忽然發出電火似的光芒，將一個劍匣放在我膝上。『這是雄劍。』他說。『你收著。明天，我只將這雌劍獻給大王去。倘若我一去竟不回來了呢，那是我一定不再在人間了。你不是懷孕已經五六個月了麼？不要悲哀；待生了孩子，好好地撫養。一到成人之後，你便交給他這雄劍，教他砍在大王的頸子上，給我報仇！」

「那天父親回來了沒有呢？」眉間尺趕緊問。

「沒有回來！」她冷靜地說。「我四處打聽，也杳無消息。後來聽得人說，第一個用血來飼你父親自己煉成的劍的人，就是他自己——你的父親。還怕他鬼魂作怪，將他的身首分埋在前門和後苑了！」

眉間尺忽然全身都如燒著猛火，自己覺得每一枝毛髮上都仿佛閃出火星來。他的雙拳，在暗中捏得格格地作響。

他的母親站起了，揭去床頭的木板，下床點了松明，到門背後取過一把鋤，交給眉間尺道：「掘下去！」

眉間尺心跳著，但很沉靜的一鋤一鋤輕輕地掘下去。掘出來的都是黃土，約到五尺多深，土色有些不同了，似乎是爛掉的材木。

「看罷！要小心！」他的母親說。

眉間尺伏在掘開的洞穴旁邊，伸手下去，謹慎小心地撮開爛樹，待到指尖一冷，有如觸著冰雪的時候，那純青透明的劍也出現了。他看清了劍靶，捏著，提了出來。

窗外的星月和屋裡的松明似乎都驟然失了光輝，惟有青光充塞宇內。那劍便溶在這青光中，看去好像一無所有。眉間尺凝神細視，這才仿佛看見長五尺餘，卻並不見得怎樣鋒利，劍口反而有些渾圓，正如一片韭葉。

「你從此要改變你的優柔的性情，用這劍報仇去！」他的母親說。

「我已經改變了我的優柔的性情，要用這劍報仇去！」

「但願如此。你穿了青衣，背上這劍，衣劍一色，誰也看不分明的。衣服我已經做在這裡，明天就上你的路去罷。不要紀念我！」她向床後的破衣箱一指，說。

眉間尺取出新衣，試去一穿，長短正很合式。他便重行疊好，裹了劍，放在枕邊，沉靜地躺下。他覺得自己已經改變了優柔的性情；他決心要並無心事一般，倒頭便睡，清晨醒來，毫不改變常態，從容地去尋他不共戴天的仇讎。

但他醒著。他翻來覆去，總想坐起來。他聽到他母親的失望的輕輕的長嘆。他聽到最初的雞鳴；他知道已交子時，自己是上了十六歲了。

二

當眉間尺腫著眼眶，頭也不回的跨出門外，穿著青衣，背著青劍，邁開大步，徑奔城中的時候，東方還沒有露出陽光。杉樹林的每一片葉尖，都掛著露珠，其中隱藏著夜氣。但是，待到走到樹林的那一頭，露珠裡卻閃出各樣的光輝，漸漸幻成曉色了。遠望前面，便依稀看見灰黑色的城牆和雉堞。

和挑蔥賣菜的一同混入城裡，街市上已經很熱鬧。男人們一排一排的呆站著；女人們也時時從門裡探出頭來。她們大半也腫著眼眶；蓬著頭；黃黃的臉，連脂粉也不及塗抹。

眉間尺預覺到將有巨變降臨，他們便都是焦躁而忍耐地等候著這巨變的。

他逕自向前走；一個孩子突然跑過來，幾乎碰著他背上的劍尖，使他嚇出了一身汗。轉出北方，離王宮不遠，人們就擠得密密層層，都伸著脖子。人叢中還有女人和孩子哭嚷的聲音。他怕那看不見的雄劍傷了人，不敢擠進去；然而人們卻又在背後擁上來。他只得宛轉地退避；面前只看見人們的背脊和伸長的脖子。

忽然，前面的人們都陸續跪倒了；遠遠地有兩匹馬並著跑過來。此後是拿著木棍，戈，刀，弓弩，旌旗的武人，走得滿路黃塵滾滾。又來了一輛四匹馬拉的大車，上面坐著一隊人。有的打鐘擊鼓，有的嘴上吹著不知道叫什麼名目的勞什子。此後又是車，裡面的人都穿畫衣，不是老頭子，便是矮胖子，個個滿臉油汗。接著又是一隊拿刀槍劍戟的騎士。跪著的人們便都伏下去了。這時眉間尺正看見一輛黃蓋的大車馳來，正中坐著一個畫衣的胖子，花白鬍子，小腦袋；腰間還依稀看見佩著和他背上一樣的青劍。

他不覺全身一冷，但立刻又灼熱起來，像是猛火焚燒著。他一面伸手向肩頭捏住劍柄，一面提起腳，便從伏著的人們的脖子的空處跨出去。

但他只走得五六步，就跌了一個倒栽蔥，因為有人突然捏住了他的一隻腳。這一跌又正壓在一個乾癟臉的少年身上；他正怕劍尖傷了他，吃驚地起來看的時候，肋下就挨了很重的兩拳。他也不暇計較，再望路上，不但黃蓋車已經走過，連擁護的騎士也過去了一大陣了。

路旁的一切人們也都爬起來。乾癟臉的少年卻還扭住了眉間尺的衣領，不肯放手，說被他壓壞了貴重的丹田，必須保險，倘若不到八十歲便死掉了，就得抵命。閒人們又即刻圍上來，呆看著，但誰也不開口；後來有人從旁笑 了幾句，卻全是附和乾癟臉少年的。眉間尺遇到了這樣的敵人，真是怒不得，笑不得，只覺得無聊，卻又脫身不得。這樣地經過了煮熟一鍋小米的時光，眉間尺早已焦躁得渾身發火，看的人卻仍不見減，還是津津有味似的。

前面的人圈子動搖了，擠進一個黑色的人來，黑鬚黑眼睛，瘦得如鐵。他並不言語，只向眉間尺冷冷地一笑，一面舉手輕輕地一撥乾癟臉少年的下巴，並且看定了他的臉。那少年也向他看了一會，不覺慢慢地鬆了手，溜走了；那人也就溜走了；看的人們也都無聊地走散。只有幾個人還來問眉間尺的年紀，住址，家裡可有姊姊。眉間尺都不理他們。

他向南走著；心裡想，城市中這麼熱鬧，容易誤傷，還不如在南門外等候他回來，給父親報仇罷，那地方是地曠人稀，實在很便於施展。這時滿城都議論著國王的遊山，儀仗，威嚴，自己得見國王的榮耀，以及俯伏得有怎麼低，應該采作國民的模範等等，很像蜜蜂的排衙。直到將近南門，這才漸漸地冷靜。

他走出城外，坐在一株大桑樹下，取出兩個饅頭來充了饑；吃著的時候忽然記起母親來，不覺眼鼻一酸，然而此後倒也沒有什麼。周圍是一步一步地靜下去了，他至於很分明地聽到自己的呼吸。

天色愈暗，他也愈不安，盡目力望著前方，毫不見有國王回來的影子。上城賣菜的村人，一個個挑著空擔出城回家去了。

人跡絕了許久之後，忽然從城裡閃出那一個黑色的人來。

「走罷，眉間尺！國王在捉你了！」他說，聲音好像鴟鴞。

眉間尺渾身一顫，中了魔似的，立即跟著他走；後來是飛奔。他站定了喘息許多時，才明白已經到了杉樹林邊。後面遠處有銀白的條紋，是月亮已從那邊出現；前面卻僅有兩點磷火一般的那黑色人的眼光。

「你怎麼認識我？……」他極其惶駭地問。

「哈哈！我一向認識你。」那人的聲音說。「我知道你背著雄劍，要給你的父親報仇，我也知道你報不成。豈但報不成；今天已經有人告密，你的仇人早從東門還宮，下令捕拿你了。」

眉間尺不覺傷心起來。

「唉唉，母親的嘆息是無怪的。」他低聲說。

「但她只知道一半。她不知道我要給你報仇。」

「你麼？你肯給我報仇麼，義士？」

「阿，你不要用這稱呼來冤枉我。」

「那麼，你同情於我們孤兒寡婦？……」

「唉，孩子，你再不要提這些受了汙辱的名稱。」他嚴冷地說，「仗義，同情，那些東西，先前曾經乾淨過，現在卻都成了放鬼債的資本。我的心裡全沒有你所謂的那些。我只不過要給你報仇！」

「好。但你怎麼給我報仇呢？」

「只要你給我兩件東西。」兩粒磷火下的聲音說。「那兩件麼？你聽著：一是你的劍，二是你的頭！」

眉間尺雖然覺得奇怪，有些狐疑，卻並不吃驚。他一時開不得口。

「你不要疑心我將騙取你的性命和寶貝。」暗中的聲音又嚴冷地說。「這事全由你。你信我，我便去；你不信，我便住。」

「但你為什麼給我去報仇的呢？你認識我的父親麼？」

「我一向認識你的父親，也如一向認識你一樣。但我要報仇，卻並不為此。聰明的孩子，告訴你罷。你還不知道麼，我怎麼地善於報仇。你的就是我的；他也就是我。我的魂靈上是有這麼多的，人我所加的傷，我已經憎惡了我自己！」

暗中的聲音剛剛停止，眉間尺便舉手向肩頭抽取青色的劍，順手從後項窩向前一削，頭顱墜在地面的青苔上，一面將劍交給黑色人。

「呵呵！」他一手接劍，一手捏著頭髮，提起眉間尺的頭來，對著那熱的死掉的嘴唇，接吻兩次，並且冷冷地尖利地笑。

笑聲即刻散布在杉樹林中，深處隨著有一群磷火似的眼光閃動，倏忽臨近，聽到咻咻的餓狼的喘息。第一口撕盡了眉間尺的青衣，第二口便身體全都不見了，血痕也頃刻舔盡，只微微聽得咀嚼骨頭的聲音。

最先頭的一匹大狼就向黑色人撲過來。他用青劍一揮，狼頭便墜在地面的青苔上。別的狼們第一口撕盡了它的皮，第二口便身體全都不見了，血痕也頃刻舔盡，只微微聽得咀嚼骨頭的聲音。

他已經掣起地上的青衣，包了眉間尺的頭，和青劍都背在背脊上，回轉身，在暗中向王城揚長地走去。

狼們站定了，聳著肩，伸出舌頭，咻咻地喘著，放著綠的眼光看他揚長地走。

他在暗中向王城揚長地走去，發出尖利的聲音唱著歌：

哈哈愛兮愛乎愛乎！
愛青劍兮一個仇人自屠。
夥頤連翩兮多少一夫。
一夫愛青劍兮嗚呼不孤。
頭換頭兮兩個仇人自屠。
一夫則無兮愛乎嗚呼！
愛乎嗚呼兮嗚呼阿呼，
阿呼嗚呼兮嗚呼嗚呼！

三

遊山並不能使國王覺得有趣；加上了路上將有刺客的密報，更使他掃興而還。那夜他很生氣，說是連第九個妃子的頭髮，也沒有昨天那樣的黑得好看了。幸而她撒嬌坐在他的御膝上，特彎扭了七十多回，這才使龍眉之間的皺紋漸漸地舒展。

午後，國王一起身，就又有些不高興，待到用過午膳，簡直現出怒容來。

「唉唉！無聊！」他打一個大呵欠之後，高聲說。

上自王后，下至弄臣，看見這情形，都不覺手足無措。白鬚老臣的講道，矮胖侏儒的打諢，王是早已聽厭的了；近來便是走索，緣竿，拋丸，倒立，吞刀，吐火等等奇妙的把戲，也都看得毫無意味。他常常要發怒；一發怒，便按著青劍，總想尋點小錯處，殺掉幾個人。

偷空在宮外閒遊的兩個小宦官，剛剛回來，一看見宮裡面大家的愁苦的情形，便知道又是照例的禍事臨頭了，一個嚇得面如土色；一個卻像是大有把握一般，不慌不忙，跑到國王的面前，俯伏著，說道：

「奴才剛才訪得一個異人，很有異術，可以給大王解悶，因此特來奏聞。」

「什麼？！」王說。他的話是一向很短的。

「那是一個黑瘦的，乞丐似的男子。穿一身青衣，背著一個圓圓的青包裹；嘴裡唱著胡謅的歌。人問他。他說善於玩把戲，空前絕後，舉世無雙，人們從來就沒有看見過；一見之後，便即解煩釋悶，天下太平。但大家要他玩，他卻又不肯。說是第一須有一條金龍，第二須有一個金鼎。……」

「金龍？我是的。金鼎？我有。」

「奴才也正是這樣想。……」

「傳進來！」

話聲未絕，四個武士便跟著那小宦官疾趨而出。上自王后，下至弄臣，個個喜形於色。他們都願意這把戲玩得解愁釋悶，天下太平；即使玩不成，這回也有了那乞丐似的黑瘦男子來受禍，他們只要能挨到傳了進來的時候就好了。

並不要許多工夫，就望見六個人向金階趨進。先頭是宦官，後面是四個武士，中間夾著一個黑色人。待到近來時，那人的衣服卻是青的，鬚眉頭髮都黑；瘦得顴骨，眼圈骨，眉棱骨都高高地突出來。他恭敬地跪著俯伏下去時，果然看見背上有一個圓圓的小包袱，青色布，上面還畫上一些暗紅色的花紋。

「奏來！」王暴躁地說。他見他傢伙簡單，以為他未必會玩什麼好把戲。

「臣名叫宴之敖者；生長汶汶鄉。少無職業；晚遇明師，教臣把戲，是一個孩子的頭。這把戲一個人玩不起來，必須在金龍之前，擺一個金鼎，注滿清水，用獸炭煎熬。於是放下孩子的頭去，一到水沸，這頭便隨波上下，跳舞百端，且發妙音，歡喜歌唱。這歌舞為一人所見，便解愁釋悶，為萬民所見，便天下太平。」

「玩來！」王大聲命令說。

並不要許多工夫，一個煮牛的大金鼎便擺在殿外，注滿水，下面堆了獸炭，點起火來。那黑色人站在旁邊，見炭火一紅，便解下包袱，打開，兩手捧出孩子的頭來，高高舉起。那頭是秀眉長眼，皓齒紅唇；臉帶笑容；頭髮蓬鬆，正如青煙一陣。黑色人捧著向四面轉了一圈，便伸手擎到鼎上，動著嘴唇說了幾句不知什麼話，隨即將手一鬆，只聽得撲通一聲，墜入水中去了。水花同時濺起，足有五尺多高，此後是一切平靜。

許多工夫，還無動靜。國王首先暴躁起來，接著是王后和妃子，大臣，宦官們也都有些焦急，矮胖的侏儒們則已經開始冷笑了。王一見他們的冷笑，便覺自己受愚，回顧武士，想命令他們就將那欺君的莠民擲入牛鼎裡去煮殺。

但同時就聽得水沸聲；炭火也正旺，映著那黑色人變成紅黑，如鐵的燒到微紅。王剛又回過臉來，他也已經伸起兩手向天，眼光向著無物，舞蹈著，忽地發出尖利的聲音唱起歌來：

哈哈愛兮愛乎愛乎！

愛兮血兮兮誰乎獨無。

民萌冥行兮一夫壺盧。
彼用百頭顱，千頭顱兮用萬頭顱！
我用一頭顱兮而無萬夫。
愛一頭顱兮血乎嗚呼！
血乎嗚呼兮嗚呼阿呼，
阿呼嗚呼兮嗚呼嗚呼！

隨著歌聲，水就從鼎口湧起，上尖下廣，像一座小山，但自水尖至鼎底，不住地迴旋運動。那頭即隨水上上下下，轉著圈子，一面又滴溜溜自己翻筋斗，人們還可以隱約看見他玩得高興的笑容。過了些時，突然變了逆水的游泳，打鏇子夾著穿梭，激得水花向四面飛濺，滿庭灑下一陣熱雨來。一個侏儒忽然叫了一聲，用手摸著自己的鼻子。他不幸被熱水燙了一下，又不耐痛，終於免不得出聲叫苦了。

黑色人的歌聲才停，那頭也就在水中央停住，面向王殿，顏色轉成端莊。這樣的有十餘瞬息之久，才慢慢地上下抖動；從抖動加速而為起伏的游泳，但不很快，態度很雍容。繞著水邊一高一低地游了三匝，忽然睜大眼睛，漆黑的眼珠顯得格外精采，同時也開口唱起歌來：

王澤流兮浩洋洋；
克服怨敵，怨敵克服兮，赫兮強！
宇宙有窮止兮萬壽無疆。
幸我來也兮青其光！
青其光兮永不相忘。
異處異處兮堂哉皇！
堂哉皇哉兮噯噯唷，
嗟來歸來，嗟來陪來兮青其光！

頭忽然升到水的尖端停住；翻了幾個筋斗之後，上下升降起來，眼珠向著左右瞥視，十分秀媚，嘴裡仍然唱著歌：

阿呼嗚呼兮嗚呼嗚呼，
愛乎嗚呼兮嗚呼阿呼！
血一頭顱兮愛乎嗚呼。
我用一頭顱兮而無萬夫！
彼用百頭顱，千頭顱……

唱到這裡，是沉下去的時候，但不再浮上來了；歌詞也不能辨別。湧起的水，也隨著歌聲的微弱，漸漸低落，像退潮一般，終至到鼎口以下，在遠處什麼也看不見。

「怎了？」等了一會，王不耐煩地問。

「大王，」那黑色人半跪著說。「他正在鼎底裡作最神奇的團圓舞，不臨近是看不見的。臣也沒有法術使他上來，因為作團圓舞必須在鼎底裡。」

王站起身，跨下金階，冒著炎熱立在鼎邊，探頭去看。只見水平如鏡，那頭仰面躺在水中間，兩眼正看著他的臉。待到王的眼光射到他臉上時，他便嫣然一笑。這一笑使王覺得似曾相識，卻又一時記不起是誰來。剛在驚疑，黑色人已經掣出了背著的青色的劍，只一揮，閃電般從後項窩直劈下去，撲通一聲，王的頭就落在鼎裡了。

仇人相見，本來格外眼明，況且是相逢狹路。王頭剛到水面，眉間尺的頭便迎上來，狠命在他耳輪上咬了一口。鼎水即刻沸湧，澎湃有聲；兩頭即在水中死戰。約有二十回合，王頭受了五個傷，眉間尺的頭上卻有七處。王又狡猾，總是設法繞到他的敵人的後面去。眉間尺偶一疏忽，終於被他咬住了後項窩，無法轉身。這一回王的頭可是咬定不放了，他只是連連蠶食進去；連鼎外面也仿佛聽到孩子的失聲叫痛的聲音。

上自王后，下至弄臣，駭得凝結著的神色也應聲活動起來，似乎感到暗無天日的悲哀，皮膚上都一粒一粒地起粟；然而又夾著祕密的歡喜，瞪了眼，像是等候著什麼似的。

黑色人也仿佛有些驚慌，但是面不改色。他從從容容地伸開那捏著看不見的青劍的臂膊，如一段枯枝；伸長頸子，如在細看鼎底。臂膊忽然一彎，青劍便驀地從他後面劈下，劍到頭落，墜入鼎中，怦的一聲，雪白的水花向著空中同時四射。

他的頭一入水，即刻直奔王頭，一口咬住了王的鼻子，幾乎要咬下來。王忍不住叫一聲「阿唷」，將嘴一張，眉間尺的頭就乘機掙脫了，一轉臉倒將王的下巴下死勁咬住。他們不但都不放，還用全力上下一撕，撕得王頭再也合不上嘴。於是他們就如餓雞啄米一般，一頓亂咬，咬得王頭眼歪鼻塌，滿臉鱗傷。先前還會在鼎裡面四處亂滾，後來只能躺著呻吟，到底是一聲不響，只有出氣，沒有進氣了。

黑色人和眉間尺的頭也慢慢地住了嘴，離開王頭，沿鼎壁游了一匝，看他可是裝死還是真死。待到知道了王頭確已斷氣，便四目相視，微微一笑，隨即合上眼睛，仰面向天，沉到水底裡去了。

四

煙消火滅；水波不興。特別的寂靜倒使殿上殿下的人們警醒。他們中的一個首先叫了一聲，大家也立刻迭連驚叫起來；一個邁開腿向金鼎走去，大家便爭先恐後地擁上去了。有擠在後面的，只能從人脖子的空隙間向裡面窺探。

熱氣還炙得人臉上發燒。鼎裡的水卻一平如鏡，上面浮著一層油，照出許多人臉孔：王后，王妃，武士，老臣，侏儒，太監。……

「阿呀，天哪！咱們大王的頭還在裡面哪，唉唉唉！」第六個妃子忽然發狂似的哭嚷起來。

上自王后，下至弄臣，也都恍然大悟，倉皇散開，急得手足無措，各自轉了四五個圈子。一個最有謀略的老臣獨又上前，伸手向鼎邊一摸，然而渾身一抖，立刻縮了回來，伸出兩個指頭，放在口邊吹個不住。

大家定了定神，便在殿門外商議打撈辦法。約略費去了煮熟三鍋小米的工夫，總算得到一種結果，是：到大廚房去調集了鐵絲勺子，命武士協力撈起來。

器具不久就調集了，鐵絲勺，漏勺，金盤，擦桌布，都放在鼎旁邊。武士們便揎起衣袖，有用鐵絲勺的，有用漏勺的，一齊恭行打撈。有勺子相觸的聲音，有勺子刮著金鼎的聲音；水是隨著勺子的攪動而旋繞著。好一會，一個武士的臉色忽而很端莊了，極小心地兩手慢慢舉起了勺子，水滴從勺孔中珠子一般漏下，勺裡面便顯出雪白的頭骨來。大家驚叫了一聲；他便將頭骨倒在金盤裡。

「阿呀！我的大王呀！」王后，妃子，老臣，以至太監之類，都放聲哭起來。

但不久就陸續停止了，因為武士又撈起了一個同樣的頭骨。

他們淚眼模胡地四顧，只見武士們滿臉油汗，還在打撈。此後撈出來的是一團糟的白頭髮和黑頭髮；還有幾勺很短的東西，似乎是白鬍鬚和黑鬍鬚。此後又是一個頭骨。此後是三枝簪。

直到鼎裡面只剩下清湯，才始住手；將撈出的物件分盛了三金盤：一盤頭骨，一盤鬚髮，一盤簪。

「咱們大王只有一個頭。那一個是咱們大王的呢？」第九個妃子焦急地問。

「是呵……。」老臣們都面面相覷。

「如果皮肉沒有煮爛，那就容易辨別了。」一個侏儒跪著說。

大家只得平心靜氣，去細看那頭骨，但是黑白大小，都差不多，連那孩子的頭，也無從分辨。王后說王的右額上有一個疤，是做太子時候跌傷的，怕骨上也有痕跡。果然，侏儒在一個頭骨上發見了；大家正在歡喜的時候，另外的一個侏儒卻又在較黃的頭骨的右額上看出相仿的瘢痕來。

「我有法子。」第三個王妃得意地說，「咱們大王的隆準是很高的。」

太監們即刻動手研究鼻準骨，有一個確也似乎比較地高，但究竟相差無幾；

最可惜的是右額上卻並無跌傷的瘢痕。

「況且，」老臣們向太監說，「大王的後枕骨是這麼尖的麼？」

「奴才們向來就沒有留心看過大王的後枕骨……。」

王后和妃子們也各自回想起來，有的說是尖的，有的說是平的。叫梳頭太監來問的時候，卻一句話也不說。

當夜便開了一個王公大臣會議，想決定那一個是王的頭，但結果還同白天一樣。並且連鬚髮也發生了問題。白的自然是王的，然而因為花白，所以黑的也很難處置。討論了小半夜，只將幾根紅色的鬍子選出；接著因為第九個王妃抗議，說她確曾看見王有幾根通黃的鬍子，現在怎麼能知道決沒有一根紅的呢。於是也只好重行歸併，作為疑案了。

到後半夜，還是毫無結果。大家卻居然一面打呵欠，一面繼續討論，直到第二次雞鳴，這才決定了一個最慎重妥善的辦法，是：只能將三個頭骨都和王的身體放在金棺裡落葬。

七天之後是落葬的日期，合城很熱鬧。城裡的人民，遠處的人民，都奔來瞻仰國王的「大出喪」。天一亮，道上已經擠滿了男男女女；中間還夾著許多祭桌。

待到上午，清道的騎士才緩轡而來。又過了不少工夫，才看見儀仗，什麼旌旗，木棍，戈戟，弓弩，黃鉞之類；此後是四輛鼓吹車。再後面是黃蓋隨著路的不平而起伏著，並且漸漸近來了，於是現出靈車，上載金棺，棺裡面藏著三個頭和一個身體。

百姓都跪下去，祭桌便一列一列地在人叢中出現。幾個義民很忠憤，咽著淚，怕那兩個大逆不道的逆賊的魂靈，此時也和王一同享受祭禮，然而也無法可施。

此後是王后和許多王妃的車。百姓看她們，她們也看百姓，但哭著。此後是大臣，太監，侏儒等輩，都裝著哀戚的顏色。只是百姓已經不看他們，連行列也擠得亂七八糟，不成樣子了。

一九二六年十月作。

出關

老子毫無動靜的坐著，好像一段呆木頭。

「先生，孔丘又來了！」他的學生庚桑楚，不耐煩似的走進來，輕輕的說。

「請……」

「先生，您好嗎？」孔子極恭敬的行著禮，一面說。

「我總是這樣子，」老子答道。「您怎麼樣？所有這裡的藏書，都看過了罷？」

「都看過了。不過……」孔子很有些焦躁模樣，這是他從來所沒有的。「我研究《詩》《書》《禮》《樂》《易》《春秋》六經，自以為很長久了，夠熟透了。去拜見了七十二位主子，誰也不採用。人可真是難得說明白呵。還是『道』的難以說明白呢？」

「你還算運氣的哩，」老子說，「沒有遇著能幹的主子。六經這玩藝兒，只是先王的陳跡呀。那裡是弄出跡來的東西呢？你的話，可是和跡一樣的。跡是鞋子踏成的，但跡難道就是鞋子嗎？」停了一會，又接著說道：「白鶂們只要瞧著，眼珠子動也不動，然而自然有孕；蟲呢，雄的在上風叫，雌的在下風應，自然有孕；類是一身上兼具雌雄的，所以自然有孕。性，是不能改的；命，是不能換的；時，是不能留的；道，是不能塞的。只要得了道，什麼都行，可是如果失掉了，那就什麼都不行。」

孔子好像受了當頭一棒，亡魂失魄的坐著，恰如一段呆木頭。

大約過了八分鐘，他深深的倒抽了一口氣，就起身要告辭，一面照例很客氣的致謝著老子的教訓。

老子也並不挽留他，站起來扶著拄杖，一直送他到圖書館的大門外。孔子就要上車了，他才留聲機似的說道：

「您走了？您不喝點兒茶去嗎？……」

孔子答應著「是是」，上了車，拱著兩隻手極恭敬的靠在橫板上；冉有把鞭子在空中一揮，嘴裡喊一聲「都」，車子就走動了。待到車子離開了大門十幾步，老子才回進自己的屋裡去。

「先生今天好像很高興，」庚桑楚看老子坐定了，才站在旁邊，垂著手，說。

「話說的很不少……」

「你說的對。」老子微微的嘆一口氣，有些頹唐似的回答道。「我的話真也說的太多了。」他又仿佛突然記起一件事情來，「哦，孔丘送我的一隻雁鵝，不是晒了臘鵝了嗎？你蒸蒸吃去罷。我橫豎沒有牙齒，咬不動。」

庚桑楚出去了。老子就又靜下來，合了眼。圖書館裡很寂靜。只聽得竹竿子碰著屋簷響，這是庚桑楚在取掛在簷下的臘鵝。

一過就是三個月。老子仍舊毫無動靜的坐著，好像一段呆木頭。

「先生，孔丘來了哩！」他的學生庚桑楚，詫異似的走進來，輕輕的說。「他不是長久沒來了嗎？這的來，不知道是怎的？……」

「請……」老子照例只說了這一個字。

「先生，您好嗎？」孔子極恭敬的行著禮，一面說。

「我總是這樣子，」老子答道。「長久不看見了，一定是躲在寓裡用功罷？」

「那裡那裡，」孔子謙虛的說。「沒有出門，在想著。想通了一點：鴉鵲親嘴；魚兒塗口水；細腰蜂兒化別個；懷了弟弟，做哥哥的就哭。我自己久不投在變化裡了，這怎麼能夠變化別人呢！……」

「對對！」老子道。「您想通了！」

大家都從此沒有話，好像兩段呆木頭。

大約過了八分鐘。孔子這才深深的呼出了一口氣，就起身要告辭，一面照例很客氣的致謝著老子的教訓。

老子也並不挽留他。站起來扶著拄杖，一直送他到圖書館的大門外。孔子就要上車了，他才留聲機似的說道：

「你走了？你不喝點兒茶去嗎？……」

孔子答應著「是是」，上了車，拱著兩隻手極恭敬的靠在橫板上；冉有把鞭子在空中一揮，嘴裡喊一聲「都」，車子就走動了。待到車子離開了大門十幾步，老子才回進自己的屋裡去。

「先生今天好像不大高興，」庚桑楚看老子坐定了，才站在旁邊，垂著手，說。「話說的很少……」

「你說的對。」老子微微的嘆一口氣，有些頹唐的回答道。「可是你不知道：我看我應該走了。」

「這為什麼呢？」庚桑楚大吃一驚，好像遇著了晴天的霹靂。

「孔丘已經懂得了我的意思。他知道能夠明白他的底細的，只有我，一定放心不下。我不走，是不大方便的……」

「那麼，不正是同道了嗎？還走什麼呢？」

「不，」老子擺一擺手，「我們還是道不同。譬如同是一雙鞋子罷，我的是走流沙，他的是上朝廷的。」

「但您究竟是他的先生呵！」

「你在我這裡學了這許多年，還是這麼老實，」老子笑了起來，「這真是性不能改，命不能換了。你要知道孔丘和你不同：他以後就不再來，也再不叫我先生，只叫我老頭子，背地裡還要玩花樣了呀。」

「我真想不到。但先生的看人是不會錯的……」

「不，開頭也常常看錯。」

「那麼，」庚桑楚想了一想，「我們就和他幹一下……」

老子又笑了起來，向庚桑楚張開嘴：

「你看：我牙齒還有嗎？」他問。

「沒有了。」庚桑楚回答說。

「舌頭還在嗎？」

「在的。」

「懂了沒有？」

「先生的意思是說：硬的早掉，軟的卻在嗎？」

「你說的對。我看你也還不如收拾收拾，回家看看你的老婆去罷。但先給我的那匹青牛刷一下，鞍韉晒一下。我明天一早就要騎的。」

老子到了函谷關，沒有直走通到關口的大道，卻把青牛一勒，轉入岔路，在城根下慢慢的繞著。他想爬城。城牆倒並不高，只要站在牛背上，將身一聳，是勉強爬得上的；但是青牛留在城裡，卻沒法搬出城外去。倘要搬，得用起重機，無奈這時魯般和墨翟還都沒有出世，老子自己也想不到會有這玩意。總而言之：他用盡哲學的腦筋，只是一個沒有法。

然而他更料不到當他彎進岔路的時候，已經給探子望見，立刻去報告了關官。所以繞不到七八丈路，一群人馬就從後面追來了。那個探子躍馬當先，其次是關官，就是關尹喜，還帶著四個巡警和兩個籤子手。

「站住！」幾個人大叫著。

老子連忙勒住青牛，自己是一動也不動，好像一段呆木頭。

「阿呀！」關官一衝上前，看見了老子的臉，就驚叫了一聲，即刻滾鞍下馬，打著拱，說道：「我道是誰，原來是老聃館長。這真是萬想不到的。」

老子也趕緊爬下牛背來，細著眼睛，看了那人一看，含含糊糊的說：「我記性壞……」

「自然，自然，先生是忘記了的。我是關尹喜，先前因為上圖書館去查《稅收精義》，曾經拜訪過先生……」

這時籤子手便翻了一通青牛上的鞍韉，又用籤子刺一個洞，伸進指頭去掏了一下，一聲不響，橛著嘴走開了。

「先生在城圈邊溜溜？」關尹喜問。

「不，我想出去，換換新鮮空氣……」

「那很好！那好極了！現在誰都講衛生，衛生是頂要緊的。不過機會難得，我們要請先生到關上去住幾天，聽聽先生的教訓……」

老子還沒有回答，四個巡警就一擁上前，把他扛在牛背上，籤子手用籤子在牛屁股上刺了一下，牛把尾巴一卷，就放開腳步，一同向關口跑去了。

到得關上，立刻開了大廳來招待他。這大廳就是城樓的中一間，臨窗一望，只見外面全是黃土的平原，愈遠愈低；天色蒼蒼，真是好空氣。這雄關就高踞峻阪之上，門外左右全是土坡，中間一條車道，好像在峭壁之間。實在是只要一丸泥就可以封住的。

大家喝過開水，再吃餑餑。讓老子休息一會之後，關尹喜就提議要他講學了。老子早知道這是免不掉的，就滿口答應。於是轟轟了一陣，屋裡逐漸坐滿了聽講的人們。同來的八人之外，還有四個巡警，兩個簽子手，五個探子，一個書記，帳房和廚房。有幾個還帶著筆，刀，木劄，預備抄講義。

老子像一段呆木頭似的坐在中央，沉默了一會，這才咳嗽幾聲，白鬍子裡面的嘴唇在動起來了。大家即刻屏住呼吸，側著耳朵聽。只聽得他慢慢的說道：

「道可道，非常道；名可名，非常名。無名，天地之始；有名，萬物之母。……」

大家彼此面面相覷，沒有抄。

「故常無欲以觀其妙，」老子接著說，「常有欲以觀其竅。此兩者，同出而異名。同，謂之玄，玄之又玄，眾妙之門……」

大家顯出苦臉來了，有些人還似乎手足失措。一個簽子手打了一個大呵欠，書記先生竟打起磕睡來，嘩啷一聲，刀，筆，木劄，都從手裡落在席子上面了。

老子仿佛並沒有覺得，但仿佛又有些覺得似的，因為他從此講得詳細了一點。然而他沒有牙齒，發音不清，打著陝西腔，夾上湖南音，「哩」「呢」不分，又愛說什麼「呃」：大家還是聽不懂。可是時間加長了，來聽他講學的人，倒格外的受苦。

為面子起見，人們只好熬著，但後來總不免七倒八歪斜，各人想著自己的事，待到講到「聖人之道，為而不爭」，住了口了，還是誰也不動彈。老子等了一會，就加上一句道：

「呃，完了！」

大家這才如大夢初醒，雖然因為坐得太久，兩腿都麻木了，一時站不起身，但心裡又驚又喜，恰如遇到大赦的一樣。

於是老子也被送到廂房裡，請他去休息。他喝過幾口白開水，就毫無動靜的坐著，好像一段呆木頭。

人們卻還在外面紛紛議論。過不多久，就有四個代表進來見老子，大意是說他的話講的太快了，加上國語不大純粹，所以誰也不能筆記。沒有記錄，可惜非常，所以要請他補發些講義。

「來篤話啥西，俺實直頭聽弗懂！」帳房說。

「還是耐自家寫子出來末哉。寫子出來末，總算弗白嚼蛆一場哉啘。阿是？」書記先生道。

老子也不十分聽得懂，但看見別的兩個把筆，刀，木劄，都擺在自己的面前了，就料是一定要他編講義。他知道這是免不掉的，於是滿口答應；不過今天太晚了，要明天才開手。

代表們認這結果為滿意，退出去了。

第二天早晨，天氣有些陰沉沉，老子覺得心裡不舒適，不過仍須編講義，因為他急於要出關，而出關，卻須把講義交卷。他看一眼面前的一大堆木劄，似乎覺得更加不舒適了。

然而他還是不動聲色，靜靜的坐下去，寫起來。回憶著昨天的話，想一想，寫一句。那時眼鏡還沒有發明，他的老花眼睛細得好像一條線，很費力；除去喝白開水和吃餑餑的時間，寫了整整一天半，也不過五千個大字。

「為了出關，我看這也敷衍得過去了。」他想。

於是取了繩子，穿起木劄來，計兩串，扶著拄杖，到關尹喜的公事房裡去交稿，並且聲明他立刻要走的意思。

關尹喜非常高興，非常感謝，又非常惋惜，堅留他多住一些時，但看見留不住，便換了一副悲哀的臉相，答應了，命令巡警給青牛加鞍。一面自己親手從架子上挑出一包鹽，一包胡麻，十五個餑餑來，裝在一個充公的白布口袋裡送給老子做路上的糧食。並且聲明：這是因為他是老作家，所以非常優待，假如他年紀青，餑餑就只能有十個了。

老子再三稱謝，收了口袋，和大家走下城樓，到得關口，還要牽著青牛走路；關尹喜竭力勸他上牛，遜讓一番之後，終於也騎上去了。作過別，撥轉牛頭，便向峻阪的大路上慢慢的走去。

不多久，牛就放開了腳步。大家在關口目送著，去了兩三丈遠，還辨得出白髮，黃袍，青牛，白口袋，接著就塵頭逐步而起，罩著人和牛，一律變成灰色，再一會，已只有黃塵滾滾，什麼也看不見了。

大家回到關上，好像卸下了一副擔子，伸一伸腰，又好像得了什麼貨色似的，咂一咂嘴，好些人跟著關尹喜走進公事房裡去。

「這就是稿子？」帳房先生提起一串木箚來，翻著，說。「字倒寫得還乾淨。我看到市上去賣起來，一定會有人要的。」

書記先生也湊上去，看著第一片，念道：

「『道可道，非常道』……哼，還是這些老套。真教人聽得頭痛，討厭……」

「醫頭痛最好是打打盹。」帳房放下了木箚，說。

「哈哈哈！……我真只好打盹了。老實說，我是猜他要講自己的戀愛故事，這才去聽的。要是早知道他不過這麼胡說八道，我就壓根兒不去坐這麼大半天受罪……」

「這可只能怪您自己看錯了人，」關尹喜笑道。「他那裡會有戀愛故事呢？他壓根兒就沒有過戀愛。」

「您怎麼知道？」書記詫異的問。

「這也只能怪您自己打了磕睡，沒有聽到他說『無為而無不為』。這傢伙真是『心高於天，命薄如紙』，想『無不為』，就只好『無為』。一有所愛，就不能無不愛，那裡還能戀愛，敢戀愛？您看看您自己就是：現在只要看見一個大姑娘，不論好醜，就眼睛甜膩膩的都像是你自己的老婆。將來娶了太太，恐怕就要像我們的帳房先生一樣，規矩一些了。」

窗外起了一陣風，大家都覺得有些冷。

「這老頭子究竟是到那裡去，去幹什麼的？」書記先生趁勢岔開了關尹喜的話。

「自說是上流沙去的，」關尹喜冷冷的說。「看他走得到。外面不但沒有鹽，麵，連水也難得。肚子餓起來，我看是後來還要回到我們這裡來的。」

「那麼，我們再叫他著書。」帳房先生高興了起來。「不過餑餑真也太費。那時候，我們只要說宗旨已經改為提拔新作家，兩串稿子，給他五個餑餑也足夠了。」

「那可不見得行。要發牢騷，鬧脾氣的。」

「餓過了肚子，還要鬧脾氣？」

「我倒怕這種東西，沒有人要看。」書記搖著手，說。「連五個餑餑的本錢也撈不回。譬如罷，倘使他的話是對的，那麼，我們的頭兒就得放下關官不做，這才是無不做，是一個了不起的大人……」

「那倒不要緊，」帳房先生說，「總有人看的。交卸了的關官和還沒有做關官的隱士，不是多得很嗎？……」

窗外起了一陣風，括上黃塵來，遮得半天暗。這時關尹喜向門外一看，只見還站著許多巡警和探子，在呆聽他們的閒談。

「呆站在這裡幹什麼？」他吆喝道。「黃昏了，不正是私販子爬城偷稅的時候了嗎？巡邏去！」

門外的人們，一溜煙跑下去了。屋裡的人們，也不再說什麼話，帳房和書記都走出去了。關尹喜才用袍袖子把案上的灰塵拂了一拂，提起兩串木箚來，放在堆著充公的鹽，胡麻，布，大豆，餑餑等類的架子上。

一九三五年十二月作。

〈出關〉的「關」

我的一篇歷史的速寫〈出關〉在《海燕》上一發表，就有了不少的批評，但大抵自謙為「讀後感」。於是有人說：「這是因為作者的名聲的緣故。」話是不錯的。現在許多新作家的努力之作，都沒有這麼的受批評家注意，偶或為讀者所發現，銷上一二千部，便什麼「名利雙收」呀，「不該回來」呀，「嘰哩咕嚕」呀，群起而打之，惟恐他還有活氣，一定要弄到此後一聲不響，這才算天下太平，文壇萬歲。然而別一方面，慷慨激昂之士也露臉了，他戟指大叫道：「我們中國有半個托爾斯泰沒有？有半個歌德沒有？」慚愧得很，實在沒有。不過其實也不必這麼激昂，因為從地殼凝結，漸有生物以至現在，在俄國和德國，托爾斯泰和歌德也只有各一個。

我並沒有遭著這種打擊和恫嚇，是萬分幸福的，不過這回卻想破了向來對於批評都守緘默的老例，來說幾句話，這也並無他意，只以為批評者有從作品來批判作者的權利，作者也有從批評來批判批評者的權利，咱們也不妨談一談而已。

看所有的批評，其中有兩種，是把我原是小小的作品，縮得更小，或者簡直封閉了。

一種，是以為〈出關〉在攻擊某一個人。這些話，在朋友閒談，隨意說笑的時候，自然是無所不可的，但若形諸筆墨，昭示讀者，自以為得了這作品的魂靈，卻未免像後街阿狗的媽媽。她是只知道，也只愛聽別人的陰私的。不幸我那〈出關〉並不合於這一流人的胃口，於是一種小報上批評道：「這好像是在諷刺傅東華，然而又不是。」既然「然而又不是」，就可見並不「是在諷刺傅東華」了，這不是該從別處著眼了麼？然而他因此又覺得毫無意味，一定要實在「是在諷刺傅東華」，這才嘗出意味來。

這種看法的人們，是並不很少的，還記得作《阿Q正傳》時，就曾有小政客和小官僚惶怒，硬說是在諷刺他，殊不知阿Q的模特兒，卻在別的小城市中，而他也實在正在給人家搗米。但小說裡面，並無實在的某甲或某乙的麼？並不是的。倘使沒有，就不成為小說。縱使寫的是妖怪，孫悟空一個筋斗十萬八千里，豬八戒高老莊招親，在人類中也未必沒有誰和他們精神上相像。有誰相像，就是無意中取誰來做了模特兒，不過因為是無意中，所以也可以說是誰竟和書中的誰相像。我們的古人，是早覺得做小說要用模特兒的，記得有一部筆記，說施耐庵——我們也姑且認為真有這作者罷——請畫家畫了一百零八條梁山泊上的好漢，貼在牆上，揣摩著各人的神情，寫成了《水滸》。但這作者大約是文人，所以明白文人的技倆，而不知道畫家的能力，以為他倒能憑空創造，用不著模特兒來作標本了。

作家的取人為模特兒，有兩法。一是專用一個人，言談舉動，不必說了，連微細的癖性，衣服的式樣，也不加改變。這比較的易於描寫，但若在書中是一個可惡或可笑的角色，在現在的中國恐怕大抵要認為作者在報個人的私仇——叫作「個人主義」，有破壞「聯合戰線」之罪，從此很不容易做人。二是雜取種種人，合成一個，從和作者相關的人們裡去找，是不能發見切合的了。但因為「雜取種種人」，一部分相像的人也就更其多數，更能招致廣大的惶怒。我是一向取後一法的，當初以為可以不觸犯某一個人，後來才知道倒觸犯了一個以上，真是「悔之無及」，既然「無及」，也就不悔了。況且這方法也和中國人的習慣相合，例如畫家的畫人物，也是靜觀默察，爛熟於心，然後凝神結想，一揮而就，向來不用一個單獨的模特兒的。

不過我在這裡，並不說傅東華先生就做不得模特兒，他一進小說，是有代表一種人物的資格的；我對於這資格，也毫無輕視之意，因為世間進不了小說的人們倒多得很。然而縱使誰整個的進了小說，如果作者手腕高妙，作品久傳的話，讀者所見的就只是書中人，和這曾經實有的人倒不相干了。例如《紅樓夢》裡賈寶玉的模特兒是作者自己曹霑，《儒林外史》裡馬二先生的模特兒是馮執中，現在我們所覺得的卻只是賈寶玉和馬二先生，只有特種學者如胡適之先生之流，這才把曹霑和馮執中念念不忘的記在心兒裡：這就是所謂人生有限，而藝術卻較為永久的話罷。

還有一種，是以為〈出關〉乃是作者的自況，自況總得佔點上風，所以我就是其中的老子。說得最淒慘的是邱韻鐸先生——

「……至於讀了之後，留在腦海裡的影子，就只是一個全身心都浸淫著孤獨感的老人的身影。我真切地感覺著讀者是會墜入孤獨和悲哀去，跟著我們的作者。要是這樣，那麼，這篇小說的意義，就要無形地削弱了，我相信，魯迅先生以及像魯迅先生一樣的作家們的本意是不在這裡的。……」（《每週文學》的〈海燕讀後記〉）

這一來真是非同小可，許多人都「墜入孤獨和悲哀去」，前面一個老子，青牛屁股後面一個作者，還有「以及像魯迅先生一樣的作家們」，還有許多讀者們連邱韻鐸先生在內，竟一窠蜂似的湧「出關」去了。但是，倘使如此，老子就又不「只是一個全身心都浸淫著孤獨感的老人的身影」，我想他是會不再出關，回上海請我們吃飯，出題目徵集文章，做道德五百萬言的了。

所以我現在想站在關口，從老子的青牛屁股後面，挽留住「像魯迅先生一樣的作家們」以及許多讀者們連邱韻鐸先生在內。首先是請不要「墜入孤獨和悲哀去」，因為「本意是不在這裡」，邱先生是早知道的，但是沒說出在那裡，也許看不出在那裡。倘是前者，真是「這篇小說的意義，就要無形地削弱了」；倘因後者，那麼，卻是我的文字壞，不夠分明的傳出「本意」的緣故。現在略說一點，算是敬掃一回兩月以前「留在腦海裡的影子」罷——

老子的西出函谷，為了孔子的幾句話，並非我的發見或創造，是三十年前，在東京從太炎先生口頭聽來的，後來他寫在《諸子學略說》中，但我也並不信為一定的事實。至於孔老相爭，孔勝老敗，卻是我的意見：老，是尚柔的；「儒者，柔也」，孔也尚柔，但孔以柔進取，而老卻以柔退走。這關鍵，即在孔子為「知其不可為而為之」的事無大小，均不放鬆的實行者，老則是「無為而無不為」的一事不做，徒作大言的空談家。要無所不為，就只好一無所為，因為一有所為，就有了界限，不能算是「無不為」了。我同意於關尹子的嘲笑：他是連老婆也娶不成的。於是加以漫畫化，送他出了關，毫無愛惜，不料竟惹起邱先生的這樣的淒慘，我想，這大約一定因為我的漫畫化還不足夠的緣故了，然而如果更將他的鼻子塗白，是不只「這篇小說的意義，就要無形地削弱」而已的，所以也只好這樣子。

再引一段邱韻鐸先生的獨白——

「……我更相信，他們是一定會繼續地運用他們的心力和筆力，傾注到更有利於社會變革方面，使凡是有利的力量都集中起來，加強起來，同時使凡是可能有利的力量都轉為有利的力量，以聯結成一個巨大無比的力量。」

一為而「成一個巨大無比的力量」，僅次於「無為而無不為」一等，我「們」是沒有這種玄妙的本領的，然而我「們」和邱先生不同之處卻就在這裡，我「們」並不「墜入孤獨和悲哀去」，而邱先生卻會「真切地感覺著讀者是會墜入孤獨和悲哀去」的關鍵也在這裡。他起了有利於老子的心思，於是不禁寫了「巨大無比」

的抽象的封條，將我的無利於老子的具象的作品封閉了。但我疑心：邱韻鐸先生以及像邱韻鐸先生一樣的作家們的本意，也許倒只在這裡的。

四月三十日。

非攻

一

子夏的徒弟公孫高來找墨子，已經好幾回了，總是不在家，見不著。大約是第四或者第五回罷，這才恰巧在門口遇見，因為公孫高剛一到，墨子也適值回家來。他們一同走進屋子裡。

公孫高辭讓了一通之後，眼睛看著席子的破洞，和氣的問道：

「先生是主張非戰的？」

「不錯！」墨子說。

「那麼，君子就不鬥麼？」

「是的！」墨子說。

「豬狗尚且要鬥，何況人……」

「唉唉，你們儒者，說話稱著堯舜，做事卻要學豬狗，可憐，可憐！」墨子說著，站了起來，匆匆的跑到廚下去了，一面說：「你不懂我的意思……」

他穿過廚下，到得後門外的井邊，絞著轆轤，汲起半瓶井水來，捧著吸了十多口，於是放下瓦瓶，抹一抹嘴，忽然望著園角上叫了起來道：

「阿廉！你怎麼回來了？」

阿廉也已經看見，正在跑過來，一到面前，就規規矩矩的站定，垂著手，叫一聲「先生」，於是略有些氣憤似的接著說：

「我不幹了。他們言行不一致。說定給我一千盆粟米的，卻只給了我五百盆。我只得走了。」

「如果給你一千多盆，你走麼？」

「不。」阿廉答。

『那麼，就並非因為他們言行不一致，倒是因為少了呀！」

墨子一面說，一面又跑進廚房裡，叫道：

「耕柱子！給我和起玉米粉來！」

耕柱子恰恰從堂屋裡走到，是一個很精神的青年。

「先生，是做十多天的乾糧罷？」他問。

「對咧。」墨子說。「公孫高走了罷？」

「走了，」耕柱子笑道。「他很生氣，說我們兼愛無父，像禽獸一樣。」

墨子也笑了一笑。

「先生到楚國去？」

「是的。你也知道了？」墨子讓耕柱子用水和著玉米粉，自己卻取火石和艾絨打了火，點起枯枝來沸水，眼睛看火焰，慢慢的說道：「我們的老鄉公輸般，他總是倚恃著自己的一點小聰明，興風作浪的。造了鉤拒，教楚王和越人打仗還不夠，這回是又想出了什麼雲梯，要聳恿楚王攻宋去了。宋是小國，怎禁得這麼一攻。我去按他一下罷。」

他看得耕柱子已經把窩窩頭上了蒸籠，便回到自己的房裡，在壁廚裡摸出一把鹽漬藜菜乾，一柄破銅刀，另外找了一張破包袱，等耕柱子端進蒸熟的窩窩頭來，就一起打成一個包裹。衣服卻不打點，也不帶洗臉的手巾，只把皮帶緊了一緊，走到堂下，穿好草鞋，背上包裹，頭也不回的走了。從包裹裡，還一陣一陣的冒著熱蒸氣。

「先生什麼時候回來呢？」耕柱子在後面叫喊道。

「總得二十來天罷，」墨子答著，只是走。

二

墨子走進宋國的國界的時候，草鞋帶已經斷了三四回，覺得腳底下很發熱，停下來一看，鞋底也磨成了大窟窿，腳上有些地方起繭，有些地方起泡了。他毫不在意，仍然走；沿路看看情形，人口倒很不少，然而歷來的水災和兵災的痕跡，卻到處存留，沒有人民的變換得飛快。走了三天，看不見一所大屋，看不見一顆大樹，看不見一個活潑的人，看不見一片肥沃的田地，就這樣的到了都城。

城牆也很破舊，但有幾處添了新石頭；護城溝邊看見爛泥堆，像是有人淘掘過，但只見有幾個閒人坐在溝沿上似乎釣著魚。

「他們大約也聽到消息了，」墨子想。細看那些釣魚人，卻沒有自己的學生在裡面。

他決計穿城而過，於是走近北關，順著中央的一條街，一徑向南走。城裡面也很蕭條，但也很平靜；店鋪都貼著減價的條子，然而並不見買主，可是店裡也並無怎樣的貨色；街道上滿積著又細又粘的黃塵。

「這模樣了，還要來攻它！」墨子想。

他在大街上前行，除看見了貧弱而外，也沒有什麼異樣。楚國要來進攻的消息，是也許已經聽到了的，然而大家被攻得習慣了，自認是活該受攻的了，竟並不覺得特別，況且誰都只剩了一條性命，無衣無食，所以也沒有什麼人想搬家。待到望見南關的城樓了，這才看見街角上聚著十多個人，好像在聽一個人講故事。

當墨子走得臨近時，只見那人的手在空中一揮，大叫道：

「我們給他們看看宋國的民氣！我們都去死！」

墨子知道，這是自己的學生曹公子的聲音。

然而他並不擠進去招呼他，匆匆的出了南關，只趕自己的路。又走了一天和大半夜，歇下來，在一個農家的簷下睡到黎明，起來仍復走。草鞋已經碎成一片一片，穿不住了，包袱裡還有窩窩頭，不能用，便只好撕下一塊布裳來，包了腳。

不過布片薄，不平的村路梗著他的腳底，走起來就更艱難。到得下午，他坐在一株小小的槐樹下，打開包裹來吃午餐，也算是歇歇腳。遠遠的望見一個大漢，推著很重的小車，向這邊走過來了。到得臨近，那人就歇下車子，走到墨子面前，叫了一聲「先生」，一面撩起衣角來揩臉上的汗，喘著氣。
「這是沙麼？」墨子認識他是自己的學生管黔敖，便問。
「是的，防雲梯的。」
「別的準備怎麼樣？」
「也已經募集了一些麻，灰，鐵。不過難得很：有的不肯，肯的沒有。還是講空話的多……」
「昨天在城裡聽見曹公子在講演，又在玩一股什麼『氣』，嚷什麼『死』了。你去告訴他：不要弄玄虛；死並不壞，也很難，但要死得於民有利！」
「和他很難說，」管黔敖悵悵的答道。「他在這裡做了兩年官，不大願意和我們說話了……」
「禽滑釐呢？」
「他可是很忙。剛剛試驗過連弩；現在恐怕在西關外看地勢，所以遇不著先生。先生是到楚國去找公輸般的罷？」
「不錯，」墨子說，「不過他聽不聽我，還是料不定的。你們仍然準備著，不要只望著口舌的成功。」

管黔敖點點頭，看墨子上了路，目送了一會，便推著小車，吱吱嘎嘎的進城去了。

三

楚國的郢城可是不比宋國：街道寬闊，房屋也整齊，大店鋪裡陳列著許多好東西，雪白的麻布，通紅的辣椒，斑斕的鹿皮，肥大的蓮子。走路的人，雖然身體比北方短小些，卻都活潑精悍，衣服也很乾淨，墨子在這裡一比，舊衣破裳，布包著兩隻腳，真好像一個老牌的乞丐了。

再向中央走是一大塊廣場，擺著許多攤子，擁擠著許多人，這是鬧市，也是十字路交叉之處。墨子便找著一個好像士人的老頭子，打聽公輸般的寓所，可惜言語不通，纏不明白，正在手掌心上寫字給他看，只聽得轟的一聲，大家都唱了起來，原來是有名的賽湘靈已經開始在唱她的〈下里巴人〉，所以引得全國中許多人，同聲應和了。不一會，連那老士人也在嘴裡發出哼哼聲，墨子知道他決不會再來看他手心上的字，便只寫了半個「公」字，拔步再往遠處跑。然而到處都在唱，無隙可乘，許多工夫，大約是那邊已經唱完了，這才逐漸顯得安靜。他找到一家木匠店，去探問公輸般的住址。

「那位山東老，造鉤拒的公輸先生麼？」店主是一個黃臉黑鬚的胖子，果然很知道。「並不遠。你回轉去，走過十字街，從右手第二條小道上朝東向南，再往北轉角，第三家就是他。」

墨子在手心上寫著字，請他看了有無聽錯之後，這才牢牢的記在心裡，謝過主人，邁開大步，徑奔他所指點的處所。果然也不錯的：第三家的大門上，釘著一塊雕鏤極工的楠木牌，上刻六個大篆道：「魯國公輸般寓」。

墨子拍著紅銅的獸環，當當的敲了幾下，不料開門出來的卻是一個橫眉怒目的門丁。他一看見，便大聲的喝道：

「先生不見客！你們同鄉來告幫的太多了！」

墨子剛看了他一眼，他已經關了門，再敲時，就什麼聲息也沒有。然而這目光的一射，卻使那門丁安靜不下來，他總覺得有些不舒服，只得進去稟他的主人。公輸般正捏著曲尺，在量雲梯的模型。

「先生，又有一個你的同鄉來告幫了……這人可是有些古怪……」門丁輕輕的說。
「他姓什麼？」
「那可還沒有問……」門丁惶恐著。
「什麼樣子的？」
「像一個乞丐。三十來歲。高個子，烏黑的臉……」
「阿呀！那一定是墨翟了！」
公輸般吃了一驚，大叫起來，放下雲梯的模型和曲尺，跑到階下去。門丁也吃了一驚，趕緊跑在他面前，開了門。墨子和公輸般，便在院子裡見了面。
「果然是你。」公輸般高興的說，一面讓他進到堂屋去。「你一向好麼？還是忙？」
「是的。總是這樣……」
「可是先生這麼遠來，有什麼見教呢？」
「北方有人侮辱了我，」墨子很沉靜的說。「想託你去殺掉他……」
公輸般不高興了。
「我送你十塊錢！」墨子又接著說。

這一句話，主人可真是忍不住發怒了；他沉了臉，冷冷的回答道：

「我是義不殺人的！」

「那好極了！」墨子很感動的直起身來，拜了兩拜，又很沉靜的說道：「可是我有幾句話。我在北方，聽說你造了雲梯，要去攻宋。宋有什麼罪過呢？楚國有餘的是地，缺少的是民。殺缺少的來爭有餘的，不能說是智，宋沒有罪，卻要攻他，不能說是仁；知道著，卻不爭，不能說是忠；爭了，而不得，不能說是強；義不殺少，然而殺多，不能說是知類。先生以為怎樣？……」

「那是……」公輸般想著，「先生說得很對的。」

「那麼，不可以歇手了麼？」

「這可不成，」公輸般悵悵的說。「我已經對王說過了。」

「那麼，帶我見王去就是。」

「好的。不過時候不早了，還是吃了飯去罷。」

然而墨子不肯聽，欠著身子，總想站起來，他是向來坐不住的。公輸般知道拗不過，便答應立刻引他去見王；一面到自己的房裡，拿出一套衣裳和鞋子來，誠懇的說道：

「不過這要請先生換一下。因為這裡是和俺家鄉不同，什麼都講闊綽的。還是換一換便當……」

「可以可以，」墨子也誠懇的說。「我其實也並非愛穿破衣服的……只因為實在沒有工夫換……」

四

楚王早知道墨翟是北方的聖賢，一經公輸般紹介，立刻接見了，用不著費力。墨子穿著太短的衣裳，高腳鷺鷥似的，跟公輸般走到便殿裡，向楚王行過禮，從從容容的開口道：

「現在有一個人，不要轎車，卻想偷鄰家的破車子；不要錦繡，卻想偷鄰家的短氈襖；不要米肉，卻想偷鄰家的糠屑飯：這是怎樣的人呢？」

「那一定是生了偷摸病了。」楚王率直的說。

「楚的地面，」墨子道，「方五千里，宋的卻只方五百里，這就像轎車的和破車子；楚有雲夢，滿是犀兕麋鹿，江漢裡的魚鱉黿鼉之多，那裡都賽不過，宋卻是所謂連雉兔鯽魚也沒有的，這就像米肉的和糠屑飯；楚有長松文梓楠木豫章，宋卻沒有大樹，這就像錦繡的和短氈襖。所以據臣看來，王吏的攻宋，和這是同類的。」

「確也不錯！」楚王點頭說。「不過公輸般已經在造雲梯，總得去攻的。」

「不過成敗也還是說不定的。」墨子道。「只要有木片，現在就可以試一試。」

楚王是一位愛好新奇的王，非常高興，便教侍臣趕快去拿木片來。墨子卻解下自己的皮帶，彎作弧形，向著公輸子，算是城；把幾十片木片分作兩份，一份留下，一份交與公輸子，便是攻和守的器具。

於是他們倆各各拿著木片，像下棋一般，開始鬥起來了，攻的木片一進，守的就一架，這邊一退，那邊就一招。不過楚王和侍臣，卻一點也看不懂。

只見這樣的一進一退，一共有九回，大約是攻守各換了九種的花樣。這之後，公輸般歇手了。墨子就把皮帶的弧形改向了自己，好像這回是由他來進攻。也還是一進一退的支架著，然而到第三回，墨子的木片就進了皮帶的弧線裡面了。

楚王和侍臣雖然莫明其妙，但看見公輸般首先放下木片，臉上露出掃興的神色，就知道他攻守兩面，全都失敗了。楚王也覺得有些掃興。

「我知道怎麼贏你的，」停了一會，公輸般訕訕的說。「但是我不說。」

「我也知道你怎麼贏我的，」墨子卻鎮靜的說。「但是我不說。」

「你們說的是些什麼呀？」楚王驚訝著問道。

「公輸子的意思，」墨子旋轉身去，回答道，「不過想殺掉我，以為殺掉我，宋就沒有人守，可以攻了。然而我的學生禽滑釐等三百人，已經拿了我的守禦的器械，在宋城上，等候著楚國來的敵人。就是殺掉我，也還是攻不下的！」

「真好法子！」楚王感動的說。「那麼，我也就不去攻宋罷。」

五

墨子說停了攻宋之後，原想即刻回往魯國的，但因為應該換還公輸般借他的衣裳，就只好再到他的寓裡去。時候已是下午，主客都很覺得肚子餓，主人自然堅留他吃午飯——或者已經是夜飯，還勸他宿一宵。

「走是總得今天就走的，」墨子說。「明年再來，拿我的書來請楚王看一看。」

「你還不是講些行義麼？」公輸般道。「勞形苦心，扶危濟急，是賤人的東西，大人們不取的。他可是君王呀，老鄉！」

「那倒也不。絲麻米穀，都是賤人做出來的東西，大人們就都要。何況行義呢。」

「那可也是的，」公輸般高興的說。「我沒有見你的時候，想取宋；一見你，即使白送我宋國，如果不義，我也不要了……」

「那可是我真送了你宋國了。」墨子也高興的說。「你如果一味行義，我還要送你天下哩！」

當主客談笑之間，午餐也擺好了，有魚，有肉，有酒。墨子不喝酒，也不吃魚，只吃了一點肉。公輸般獨自喝著酒，看見客人不大動刀匕，過意不去，只好勸他吃辣椒：

「請呀請呀！」他指著辣椒醬和大餅，懇切的說，「你嘗嘗，這還不壞。大蔥可不及我們那裡的肥……」

公輸般喝過幾杯酒，更加高興了起來。

「我舟戰有鉤拒，你的義也有鉤拒麼？」他問道。

「我這義的鉤拒，比你那舟戰的鉤拒好。」墨子堅決的回答說。「我用愛來鉤，用恭來拒。不用愛鉤，是不相親的，不用恭拒，是要油滑的，不相親而又油滑，馬上就離散。所以互相愛，互相恭，就等於互相利。現在你用鉤去鉤人，人也用鉤來鉤你，你用拒去拒人，人也用拒來拒你，互相鉤，互相拒，也就等於互相害了。所以我這義的鉤拒，比你那舟戰的鉤拒好。」

「但是，老鄉，你一行義，可真幾乎把我的飯碗敲碎了！」公輸般碰了一個釘子之後，改口說，但也大約很有了一些酒意：他其實是不會喝酒的。

「但也比敲碎宋國的所有飯碗好。」

「可是我以後只好做玩具了。老鄉，你等一等，我請你看一點玩意兒。」

他說著就跳起來，跑進後房去，好像是在翻箱子。不一會，又出來了，手裡拿著一隻木頭和竹片做成的喜鵲，交給墨子，口裡說道：

「只要一開，可以飛三天。這倒還可以說是極巧的。」

「可是還不及木匠的做車輪，」墨子看了一看，就放在席子上，說。「他削三寸的木頭，就可以載重五十石。有利於人的，就是巧，就是好，不利於人的，就是拙，也就是壞的。」

「哦，我忘記了，」公輸般又碰了一個釘子，這才醒過來。「早該知道這正是你的話。」

「所以你還是一味的行義，」墨子看著他的眼睛，誠懇的說，「不但巧，連天下也是你的了。真是打擾了你大半天。我們明年再見罷。」

墨子說著，便取了小包裹，向主人告辭；公輸般知道他是留不住的，只得放他走。送他出了大門之後，回進屋裡來，想了一想，便將雲梯的模型和木鵲都塞在後房的箱子裡。

墨子在歸途上，是走得較慢了，一則力乏，二則腳痛，三則乾糧已經吃完，難免覺得肚子餓，四則事情已經辦妥，不像來時的匆忙。然而比來時更晦氣：一進宋國界，就被搜檢了兩回；走近都城，又遇到募捐救國隊，募去了破包袱；到得南關外，又遭著大雨，到城門下想避避雨，被兩個執戈的巡兵趕開了，淋得一身濕，從此鼻子塞了十多天。

一九三四年八月作。

起死

（一大片荒地。處處有些土岡，最高的不過六七尺。沒有樹木。遍地都是雜亂的蓬草；草間有一條人馬踏成的路徑。離路不遠，有一個水溜。遠處望見房屋。）

莊子——（黑瘦面皮，花白的絡腮鬍子，道冠，布袍，拿著馬鞭，上。）出門沒有水喝，一下子就覺得口渴。口渴可不是玩意兒呀，真不如化為蝴蝶。可是這裡也沒有花兒呀，……哦！海子在這裡了，運氣，運氣！（他跑到水溜旁邊，撥開浮萍，用手掬起水來，喝了十幾口。）唔，好了。慢慢的上路。（走著，向四處看，）阿呀！一個髑髏。這是怎的？（用馬鞭在蓬草間撥了一撥，敲著，說：）

您是貪生怕死，倒行逆施，成了這樣的呢？（橐橐。）還是失掉地盤，吃著板刀，成了這樣的呢？（橐橐。）還是鬧得一榻糊塗，對不起父母妻子，成了這樣的呢？（橐橐。）您不知道自殺是弱者的行為嗎？（橐橐橐！）還是您沒有飯吃，沒有衣穿，成了這樣的呢？（橐橐。）還是年紀老了，活該死掉，成了這樣的呢？

（槖槖。）還是……唉，這倒是我糊塗，好像在做戲了。那裡會回答。好在離楚國已經不遠，用不著忙，還是請司命大神復他的形，生他的肉，和他談談閒天，再給他重回家鄉，骨肉團聚罷。（放下馬鞭，朝著東方，拱兩手向天，提高了喉嚨，大叫起來：）

至心朝禮，司命大天尊！……

（一陣陰風，許多蓬頭的，禿頭的，瘦的，胖的，男的，女的，老的，少的鬼魂出現。）

鬼魂——莊周，你這糊塗蟲！花白了鬍子，還是想不通。死了沒有四季，也沒有主人公。天地就是春秋，做皇帝也沒有這麼輕鬆。還是莫管閒事罷，快到楚國去幹你自家的運動。……

莊子——你們才是糊塗鬼，死了也還是想不通。要知道活就是死，死就是活呀，奴才也就是主人公。我是達性命之源的，可不受你們小鬼的運動。

鬼魂——那麼，就給你當場出醜……

莊子——楚王的聖旨在我頭上，更不怕你們小鬼的起哄！（又拱兩手向天，提高了喉嚨，大叫起來：）

至心朝禮，司命大天尊！

天地玄黃，宇宙洪荒。日月盈昃，辰宿列張。

趙錢孫李，周吳鄭王。馮秦褚衛，姜沈韓楊。

太上老君急急如律令！敇！敇！敇！

（一陣清風，司命大神道冠布袍，黑瘦面皮，花白的絡腮鬍子，手執馬鞭，在東方的朦朧中出現。鬼魂全都隱去。）

司命——莊周，你找我，又要鬧什麼玩意兒了？喝夠了水，不安分起來了嗎？

莊子——臣是見楚王去的，路經此地，看見一個空髑髏，卻還存著頭樣子。該有父母妻子的罷，死在這裡了，真是嗚呼哀哉，可憐得很。所以懇請大神復他的形，還他的肉，給他活轉來，好回家鄉去。

司命——哈哈！這也不是真心話，你是肚子還沒飽就找閒事做。認真不像認真，玩耍又不像玩耍。還是走你的路罷，不要和我來打岔。要知道「死生有命」，我也礙難隨便安排。

莊子——大神錯矣。其實那裡有什麼死生。我莊周曾經做夢變了蝴蝶，是一隻飄飄蕩蕩的蝴蝶，醒來成了莊周，是一個忙忙碌碌的莊周。究竟是莊周做夢變了蝴蝶呢，還是蝴蝶做夢變了莊周呢，可是到現在還沒有弄明白。這樣看來，又安知道這髑髏不是現在正活著，所謂活了轉來之後，倒是死掉了呢？請大神隨隨便便，通融一點罷。做人要圓滑，做神也不必迂腐的。

司命——（微笑，）你也還是能說不能行，是人而非神……那麼，也好，給你試試罷。

（司命用馬鞭向蓬中一指。同時消失了。所指的地方，發出一道火光，跳起一個漢子來。）

漢子——（大約三十歲左右，體格高大，紫色臉，像是鄉下人，全身赤條條的一絲不掛。用拳頭揉了一通眼睛之後，定一定神，看見了莊子，）嗆？

莊子——嗆？（微笑著走近去，看定他，）你是怎麼的？

漢子——唉唉，睡著了。你是怎麼的？（向兩邊看，叫了起來，）阿呀，我的包裹和傘子呢？（向自己的身上看，）阿呀呀，我的衣服呢？（蹲了下去。）

莊子——你靜一靜，不要著慌罷。你是剛剛活過來的。你的東西，我看是早已爛掉，或者給人拾去了。

漢子——你說什麼？

莊子——我且問你：你姓什名誰，那裡人？

漢子——我是楊家莊的楊大呀。學名叫必恭。

莊子——那麼，你到這裡是來幹什麼的呢？

漢子——探親去的呀，不提防在這裡睡著了。（著急起來，）我的衣服呢？我的包裹和傘子呢？

莊子——你靜一靜，不要著慌罷——我且問你：你是什麼時候的人？

漢子——（詫異，）什麼？……什麼叫作「什麼時候的人」？……我的衣服呢？……

莊子——嘖嘖，你這人真是糊塗得要死的角兒——專管自己的衣服，真是一個澈底的利己主義者。你這「人」尚且沒有弄明白，那裡談得到你的衣服呢？所以我首先要問你：你是什麼時候的人？唉唉，你不懂。……那麼，（想了一想，）我且問你：你先前活著的時候，村子裡出了什麼故事？

漢子——故事嗎？有的。昨天，阿二嫂就和七太婆吵嘴。

莊子——還欠大！

漢子——還欠大？……那麼，楊小三旌表了孝子……

莊子——旌表了孝子，確也是一件大事情……不過還是很難查考……（想了一想，）再沒有什麼更大的事情，使大家因此鬧了起來的了嗎？

漢子——鬧了起來？……（想著，）哦，有有！那還是三四個月前頭，因為孩子們的魂靈，要攝去墊鹿臺腳了，真嚇得大家雞飛狗走，趕忙做起符袋來，給孩子們帶上……

莊子——（出驚，）鹿臺？什麼時候的鹿臺？

漢子——就是三四個月前頭動工的鹿臺。

莊子——那麼，你是紂王的時候死的？這真了不得，你已經死了五百多年了。

漢子——（有點發怒，）先生，我和你還是初會，不要開玩笑罷。我不過在這兒睡了一忽，什麼死了五百多年。我是有正經事，探親去的。快還我的衣服，包裹和傘子。我沒有陪你玩笑的工夫。

莊子——慢慢的，慢慢的，且讓我來研究一下。你是怎麼睡著的呀？

漢子——怎麼睡著的嗎？（想著，）我早上走到這地方，好像頭頂上轟的一聲，眼前一黑，就睡著了。

莊子——疼嗎？

漢子——好像沒有疼。

莊子——哦……（想了一想，）哦……我明白了。一定是你在商朝的紂王的時候，獨個兒走到這地方，卻遇著了斷路強盜，從背後給你一悶棍，把你打死，什麼都搶走了。現在我們是周朝，已經隔了五百多年，還那裡去尋衣服。你懂了沒有？

漢子——（瞪了眼睛，看著莊子，）我一點也不懂。先生，你還是不要胡鬧，還我衣服，包裹和傘子罷。我是有正經事，探親去的，沒有陪你玩笑的工夫！

莊子——你這人真是不明道理……

漢子——誰不明道理？我不見了東西，當場捉住了你，不問你要，問誰要？

（站起來。）

莊子——（著急，）你再聽我講：你原是一個髑髏，是我看得可憐，請司命大神給你活轉來的。你想想看：你死了這許多年，那裡還有衣服呢！我現在並不要你的謝禮，你且坐下，和我講講紂王那時候……

漢子——胡說！這話，就是三歲小孩子也不會相信的。我可是三十三歲了！

（走開來，）你……

莊子——我可真有這本領。你該知道漆園的莊周的罷。

漢子——我不知道。就是你真有這本領，又值什麼鳥？你把我弄得精赤條條的，活轉來又有什麼用？叫我怎麼去探親？包裹也沒有了……（有些要哭，跑開來拉住了莊子的袖子，）我不相信你的胡說。這裡只有你，我當然問你要！我扭你見保甲去！

莊子——慢慢的，慢慢的，我的衣服舊了，很脆，拉不得。你且聽我幾句話：你先不要專想衣服罷，衣服是可有可無的，也許是有衣服對，也許是沒有衣服對。鳥有羽，獸有毛，然而王瓜茄子赤條條。此所謂「彼亦一是非，此亦一是非」，你固然不能說沒有衣服對，然而你又怎麼能說有衣服對呢？……

漢子——（發怒，）放你媽的屁！不還我的東西，我先揍死你！（一手捏了拳頭，舉起來，一手去揪莊子。）

莊子——（窘急，招架著，）你敢動粗！放手！要不然，我就請司命大神來還你一個死！

漢子——（冷笑著退開，）好，你還我一個死罷。要不然，我就要你還我的衣服，傘子和包裹，裡面是五十二個圜錢，斤半白糖，二斤南棗……

莊子——（嚴正地，）你不反悔？

漢子——小舅子才反悔！

莊子——（決絕地，）那就是了。既然這麼糊塗，還是送你還原罷。（轉臉朝著東方，拱兩手向天，提高了喉嚨，大叫起來：）

至心朝禮，司命大天尊！

天地玄黃，宇宙洪荒。日月盈昃，辰宿列張。

趙錢孫李，周吳鄭王。馮秦褚衛，姜沈韓楊。

太上老君急急如律令！敕！敕！敕！

（毫無影響，好一會。）

天地玄黃！

太上老君！敕！敕！敕！……敕！

（毫無影響，好一會。）

（莊子向周圍四顧，慢慢的垂下手來。）

漢子——死了沒有呀？

莊子——（頹唐地，）不知怎的，這回可不靈……

漢子——（撲上前，）那麼，不要再胡說了。賠我的衣服！

莊子——（退後，）你敢動手？這不懂哲理的野蠻！

漢子——（揪住他，）你這賊骨頭！你這強盜軍師！我先剝你的道袍，拿你的馬，賠我……

（莊子一面支撐著，一面趕緊從道袍的袖子裡摸出警笛來，狂吹了三聲。漢子愕然，放慢了動作。不多久，從遠處跑來一個巡士。）

巡士——（且跑且喊，）帶住他！不要放！（他跑近來，是一個魯國大漢，身材高大，制服制帽，手執警棍，面赤無鬚。）帶住他！這舅子！……

漢子——（又揪緊了莊子，）帶住他！這舅子！……

（巡士跑到，抓住莊子的衣領，一手舉起警棍來。漢子放手，微彎了身子，兩手掩著小肚。）

莊子——（托住警棍，歪著頭，）這算什麼？

巡士——這算什麼？哼！你自己還不明白？

莊子——（憤怒，）怎麼叫了你來，你倒來抓我？

巡士——什麼？

莊子——我吹了警笛……

巡士——你搶了人家的衣服，還自己吹警笛，這昏蛋！

莊子——我是過路的，見他死在這裡，救了他，他倒纏住我，說我拿了他的東西了。你看看我的樣子，可是搶人東西的？

巡士——（收回警棍，）「知人知面不知心」，誰知道。到局裡去罷。

莊子——那可不成。我得趕路，見楚王去。

巡士——（吃驚，鬆手，細看了莊子的臉，）那麼，您是漆……

莊子——（高興起來，）不錯！我正是漆園吏莊周。您怎麼知道的？

巡士——咱們的局長這幾天就常常提起您老，說您老要上楚國發財去了，也許從這裡經過的。敝局長也是一位隱士，帶便兼辦一點差使，很愛讀您老的文章，讀〈齊物論〉，什麼「方生方死，方死方生，方可方不可，方不可方可」，真寫得有勁，真是上流的文章，真好！您老還是到敝局裡去歇歇罷。

（漢子吃驚，退進蓬草叢中，蹲下去。）

莊子——今天已經不早，我要趕路，不能耽擱了。還是回來的時候，再去拜訪貴局長罷。

（莊子且說且走，爬在馬上，正想加鞭，那漢子突然跳出草叢，跑上去拉住了馬嚼子。巡士也追上去，拉住漢子的臂膊。）

莊子——你還纏什麼？

漢子——你走了，我什麼也沒有，叫我怎麼辦？（看著巡士，）您瞧，巡士先生……

巡士——（搔著耳朵背後，）這模樣，可真難辦……但是，先生……我看起來，（看著莊子，）還是您老富裕一點，賞他一件衣服，給他遮遮羞……

莊子——那自然可以的，衣服本來並非我有。不過我這回要去見楚王，不穿袍子，不行，脫了小衫，光穿一件袍子，也不行……

巡士——對啦，這實在少不得。（向漢子，）放手！

漢子——我要去探親……

巡士——胡說！再麻煩，看我帶你到局裡去！（舉起警棍，）滾開！

（漢子退走，巡士追著，一直到亂蓬裡。）

莊子——再見再見。

巡士——再見再見。您老走好哪！

（莊子在馬上打了一鞭，走動了。巡士反背著手，看他漸跑漸遠，沒入塵頭中，這才慢慢的回轉身，向原來的路上踱去。）

（漢子突然從草叢中跳出來，拉住巡士的衣角。）

巡士——幹麼？

漢子——我怎麼辦呢？

巡士——這我怎麼知道。

漢子——我要去探親……

巡士——你探去就是了。

漢子——我沒有衣服呀。

巡士——沒有衣服就不能探親嗎？

漢子——你放走了他。現在你又想溜走了，我只好找你想法子。不問你，問誰呢？你瞧，這叫我怎麼活下去！

巡士——可是我告訴你：自殺是弱者的行為呀！

漢子——那麼，你給我想法子！

巡士——（擺脫著衣角，）我沒有法子想！

漢子——（縋住巡士的袖子，）那麼，你帶我到局裡去！

巡士——（擺脫著袖子，）這怎麼成。赤條條的，街上怎麼走。放手！

漢子——那麼，你借我一條褲子！

巡士——我只有這一條褲子，借給了你，自己不成樣子了。（竭力的擺脫著，）不要胡鬧！放手！

漢子——（揪住巡士的頸子，）我一定要跟你去！

巡士——（窘急，）不成！

漢子——那麼，我不放你走！

巡士——你要怎麼樣呢？

漢子——我要你帶我到局裡去！

巡士——這真是……帶你去做什麼用呢？不要搗亂了。放手！要不然……（竭力的掙扎。）

漢子——（揪得更緊，）要不然，我不能探親，也不能做人了。二斤南棗，斤半白糖……你放走了他，我和你拼命……

巡士——（掙扎著，）不要搗亂了！放手！要不然……要不然……（說著，一面摸出警笛，狂吹起來。）

一九三五年十二月作。

臺灣版後記

為重寫中國兒童文學史做準備

眉睫（簡體版書系策畫）

二〇一〇年，欣聞俞曉群先生執掌海豚出版社。時先生力邀知交好友陳子善先生參編海豚書館系列，而我又是陳先生之門外弟子，於是陳先生將我點校整理的梅光迪講義《文學概論》（後改名《文學演講集》）納入其中，得以出版。有了這個因緣，我冒昧向俞社長提出入職工作的請求。俞社長看重我對現代文學、兒童文學研究的能力，將我招入京城，並請我負責《豐子愷全集》和中國兒童文學經典懷舊系列的出版工作。

俞曉群先生有著濃厚的人文情懷，對時下中國童書缺少版本意識，且缺少人文氣質頗不以為然。我對此表示贊成，並在他的理念基礎上深入突出兩點：一是以兒童文學作品為主，尤其是以民國老版本為底本，二是深入挖掘現有中國兒童文學史沒有提及或提到不多，但比較重要的兒童文學作品。所以這套「大家小書」，頗有一些「中國現代兒童文學史參考資料叢書」的味道。此前上海書店出版社曾以影印版的形式推出「中國現代文學史參考資料叢書」，影響巨大，為推動中國現代文學研究做了突出貢獻。兒童文學界也需要這麼一套作品集，但考慮到兒童讀物的特殊性，影印的話讀者太少，只能改為簡體橫排了。但這套書從一開始的策劃，就有為重寫中國兒童文學史做準備的想法在裡面。

為了讓這套書體現出權威性，我讓我的導師、中國第一位格林獎獲得者蔣風先生擔任主編。蔣先生對我們的做法表示相當地贊成，十分願意擔任主編，但他畢竟年事已高，不可能參與具體的工作，只能以書信的方式給我提了一些想法，我們採納了他的一些建議。書目的選擇，版本的擇定主要是由我來完成的。總序也由我草擬初稿，蔣先生稍作改動，然後就「經典懷舊」的當下意義做了闡發。可以說，我與蔣老師合寫的「總序」是這套書的綱領。

什麼是經典？「總序」說：「環顧當下圖書出版市場，能夠隨處找到這些經典名著各式各樣的新版本。遺憾的是，我們很難從中感受到當初那種閱讀經典作品時的新奇感、愉悅感、崇敬感。因為市面上的新版本，大都是美繪本、青少版、刪節版，甚至是粗糙的改寫本或編寫本。不少編輯和編者輕率地刪改了原作的字詞、標點，配上了與經典名著不甚協調的插圖。我想，真正的經典版本，從內容到形式都應該是精緻的、典雅的，書中每個角落透露出來的氣息，都要與作品內在的美感、精神、品質相一致。於是，我繼續往前回想，記憶起那些經典名著的初版本，或者其他的老版本——我的心不禁微微一震，那裡才有我需要的閱讀感覺。」在這段文字裡，蔣先生主張給少兒閱讀的童書應該是真正的經典，這是我們出版本套書系所力圖達到的。第一輯中的《稻草人》依據的是民國初版本、許敦谷插圖本的原著，這也是一九四九年以來第一次出版原版的《稻草人》。至於解放後小讀者們讀到的《稻草人》都是經過了刪改的，作品風致差異已經十分大。俞平伯的《憶》也是從文津街國家圖書館古籍館中找出一九二五年版的原著來進行重印的。我們所做的就是為了原汁原味地展現民國經典的風格、味道。

什麼是「懷舊」？蔣先生說：「懷舊，不是心靈無助的漂泊；懷舊也不是心理病態的表徵。懷舊，能夠使我們憧憬理想的價值；懷舊，可以讓我們明白追求的意義；懷舊，也促使我們理解生命的真諦。它既可讓人獲得心靈的慰藉，也能從中獲得精神力量。」一些具有懷舊價值、經典意義的著作於是浮出水面，比如孤島時期最富盛名的兒童文學大家蘇蘇（鍾望陽）的《新木偶奇遇記》；大後方為少兒出版做出極大貢獻的司馬文森的《菲菲島夢遊記》，都已經列入了書系第二批順利問世。第三批中的《小哥兒倆》（淩叔華）《橋（手稿本）》（廢名）《哈巴國》（范泉）《小朋友文藝》（謝六逸）等都是民國時期膾炙人口的大家作品，所使用的插圖也是原著插圖，是黃永玉、陳煙橋、刃鋒等著名畫家作品。

中國作家協會副主席高洪波先生也支持本書系的出版，關露的《蘋果園》就是他推薦的，後來又因丁景唐之女丁言昭的幫助而解決了版權。這些民國的老經典，因為歷史的原因淡出了讀者的視野，成為當下讀者不曾讀過的經典。然而，它們的藝術品質是高雅的，將長久地引起世人的「懷舊」。

經典懷舊的意義在哪裡？蔣先生說：「懷舊不僅是一種文化積澱，它更為我們提供了一種經過時間發酵釀造而成的文化營養。它對於認識、評價當前兒童文學創作、出版、研究提供了一份有價值的參照系統，體現了我們對它們的批判性的繼承和發揚，同時還為繁榮我國兒童文學事業提供了一個座標、方向，從而順利找到超越以往的新路。」在這裡，他指明了「經典懷舊」的當下意義。事實上，我們的本土少兒出版是日益遠離民國時期宣導的兒童本位了。相反地，上世紀二三十年代的一些精美的童書，為我們提供了一個座標。後來因為歷史的、政治的、學術的原因，我們背離了這個民國童書的傳統。因此我們正在努力，力爭推出真正的「經典懷舊」，打造出屬於我們這個時代的真正的經典！

但經典懷舊也有一些缺憾，這種缺憾一方面是識見的限制，一方面是因為審稿意見不一致。起初我們的一位做三審的領導，缺少文獻意識，按照時下的編校規範對一些字詞做了改動，違反了「總序」的綱領和出版的初衷。經過一段時間磨合以後，這套書才得以回到原有的設想道路上來。

欣聞臺灣將引入這套叢書，我想這對於臺灣人民了解大陸的兒童文學是有幫助的。林文寶先生作為臺灣版的序言作者，推薦我撰寫後記，我謹就我所知，記述於上。希望臺灣的兒童文學研究者能夠指出本書的不足，研究它們的可取之處，為重寫兩岸的中國兒童文學史做出有益的貢獻。

二〇一七年十月於北京

眉睫，原名梅杰，曾任海豚出版社策劃總監，現任長江少年兒童出版社首席編輯。主持的國家出版工程有《中國兒童文學走向世界精品書系》（中英韓文版）、《豐子愷全集》《民國兒童文學教育資料及研究》，主編《林海音兒童文學全集》《冰心兒童文學全集》《豐子愷兒童文學全集》《老舍兒童文學全集》等數百種兒童讀物。二〇一四年度榮獲「中國好編輯」稱號。著有《朗山筆記》《關於廢名》《現代文學史料探微》《文學史上的失蹤者》，編有《許君遠文存》《梅光迪文存》《綺情樓雜記》等等。

民國時期經典童書 A0801030

故事新編

作　　者 魯　迅
版權策劃　李　鋒

發 行 人　林慶彰
總 經 理　梁錦興
總 編 輯　張晏瑞
編 輯 所　萬卷樓圖書(股)公司
臺北市羅斯福路二段 41 號 6 樓之 3
電話 (02)23216565
傳真 (02)23218698

出　　版 昌明文化有限公司
桃園市龜山區中原街 32 號
電　　話 (02)23216565
發　　行　萬卷樓圖書(股)公司
臺北市羅斯福路二段 41 號 6 樓之 3
電話 (02)23216565
傳真 (02)23218698
電郵 SERVICE@WANJUAN.COM.TW
香港經銷
香港聯合書刊物流有限公司
電話 (852)21502100
傳真 (852)23560735

ISBN 978-986-496-116-0
2018 年 2 月初版一刷
定價：新臺幣 460 元

如何購買本書：
1. 劃撥購書，請透過以下帳號
帳號：15624015
戶名：萬卷樓圖書股份有限公司
2. 轉帳購書，請透過以下帳戶
合作金庫銀行 古亭分行
戶名：萬卷樓圖書股份有限公司
帳號：0877717092596
3. 網路購書，請透過萬卷樓網站
網址 WWW.WANJUAN.COM.TW
大量購書，請直接聯繫，將有專人為您服務。(02)23216565 分機 610
如有缺頁、破損或裝訂錯誤，請寄回更換

國家圖書館出版品預行編目資料

故事新編 / 魯迅著. -- 初版. -- 桃園市 :昌明文化出版 ; 臺北市 : 萬卷樓發行,2018.02
面 ; 公分. -- (民國時期經典童書)
ISBN 978-986-496-116-0(平裝)
859.08　　107001314